矿渣微晶玻璃材料

设计与计算

KUANGZHA WEIJING

BOLI CAILIAO SHEJI YU JISUAN

张培新　文岐业　朱才镇　等著

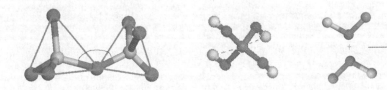

化学工业出版社

·北京·

图书在版编目（CIP）数据

矿渣微晶玻璃材料设计与计算/张培新，文岐业，朱才镇等著.
北京：化学工业出版社，2010.5
ISBN 978-7-122-07935-0

Ⅰ. 矿⋯ Ⅱ. ①张⋯②文⋯③朱⋯ Ⅲ. 人工智能-应用-矿渣-
微晶玻璃 Ⅳ. TQ171.73-39

中国版本图书馆 CIP 数据核字（2010）第 041515 号

责任编辑：常　青　　　　　　　文字编辑：冯国庆
责任校对：蒋　宇　　　　　　　装帧设计：王晓宇

出版发行：化学工业出版社（北京市东城区青年湖南街 13 号　邮政编码 100011）
印　　刷：北京永鑫印刷有限责任公司
装　　订：三河市宇新装订厂
720mm×1000mm　1/16　印张 11¼　字数 183 千字　2010 年 5 月北京第 1 版第 1 次印刷

购书咨询：010-64518888（传真：010-64519686）　售后服务：010-64518899
网　　址：http://www.cip.com.cn
凡购买本书，如有缺损质量问题，本社销售中心负责调换。

定　　价：49.00 元　　　　　　　　　　　　　　　版权所有　违者必究

本书撰写人员

张培新

文岐业

朱才镇

高　利

任祥忠

自 20 世纪 50 年代光敏微晶玻璃发明以来，这种以控制玻璃结晶的方法制造的玻璃结晶材料（称微晶玻璃或玻璃陶瓷）在理论研究和工艺实践方面都取得了巨大的进展。特别是矿渣微晶玻璃研制成功后，微晶玻璃在工业应用上也取得了很大的进展。矿渣微晶玻璃是目前为止在微晶玻璃中品种最多、数量最大的产品，成为国内外社会可持续发展和推动清洁生产的优先开发项目。在我国，矿渣微晶玻璃被列为国家资源综合利用行动的战略发展重点和环保治理重点，被称为跨世纪的新材料。然而，由于微晶玻璃组成、结构和性能关系的复杂性，其研发主要还是依靠试行-错误法（"炒菜法"），效率低下。因此，我们深感有必要总结矿渣微晶玻璃生产的理论和实际，借助计算机技术，开发矿渣微晶玻璃材料设计专家系统，使材料设计上升到智能化的水平。

本书通过归纳微晶玻璃系统的基本理论和已有知识，结合国内外发展趋势尤其是我们在该领域近二十年的研究成果，对微晶玻璃材料设计方法和技术进行了较为系统的介绍，详细描述了专家系统、人工神经网络以及分子动力学模拟等先进的人工智能技术在微晶玻璃设计过程中的具体应用，力求构成一个融合多种技术的微晶玻璃设计人工智能系统。全书由三大部分组成：第 1 章是微晶玻璃和矿渣微晶玻璃发展的基本情况；第 2～8 章是基于人工神经网络的专家系统在微晶玻璃设计中的应用；第 9、10 章是微晶玻璃的分子动力学模拟计算。

本书是国内外描述矿渣微晶玻璃材料设计和计算的第一本书。其特点在于，结合矿渣微晶玻璃组成、结构和性能之间的关系，介绍了利用多种现代材料设计手段进行多维非线性复杂系统的设计和优化过程，涉及"从上到下"和"从下到上"，从微观参数到宏观性能，从分子动力学模拟计算到神经网络"黑箱"计算的综合性材料设计和研究方法。在内容结构体系上，以材料设计专家系统作为主线，深入浅出地介绍了各种新型技术的原理、构建及其与专家系统的融合。本书旨在为从事复杂材料系统研究的科研和工程技术人员提供可以借鉴的重要理论、方法和技术手段，促进矿渣微晶玻璃等新材料的研制由传统"炒菜法"向优化设计的深层次转化。

笔者从事矿渣微晶玻璃研究开发工作近 20 年，主持和完成了包括国家自然科学基金（50674068、50974090、29761001）、广东省自然科学基金（021289）、广西科学基金（0135020）及深圳市基础研究计划重点项目（JC200903120029A）在内的多项研究课题，本书也是有关成果的归纳和总结。

笔者再次向本书所有参考文献的原作者致谢。

本书由深圳大学学术出版基金资助出版。

限于水平，书中难免存在疏漏和不妥，敬请同行和读者批评指正。

著者

2010 年 1 月于深圳大学

目录

第1章
绪　论

1.1　矿渣微晶玻璃概述

　　矿渣微晶玻璃是以冶金渣、尾矿等工业废渣及天然矿物为主要原料，引入一定量的晶核剂、助熔剂等辅助原料，经配料、熔化、成型、结晶、退火等工序制成的一种微晶材料。自 20 世纪 50 年代 Stookey 发明光敏微晶玻璃以来[1]，这种以控制玻璃结晶的方法制造的玻璃结晶材料（称微晶玻璃或玻璃陶瓷）在理论研究和工艺实践方面都取得了巨大的进展。特别是矿渣微晶玻璃在前苏联首先研制成功后，微晶玻璃在工业应用上也取得了很大的进展。矿渣微晶玻璃是目前为止在微晶玻璃中品种最多、数量最大的产品。在作为结构、工业和建筑用材料上已经取得工业化的应用。

1.1.1　矿渣微晶玻璃研究的历史和现状[1~4]

　　矿渣微晶玻璃于 1959 年由前苏联在实验室条件下首先研制成功，并在 20 世纪 60 年代生产出可供工业和建筑需要的微晶玻璃制品。此时采用的矿渣主要为高炉渣，成型方法以压延法和压制法为主，对以硫化物和氟化物为晶核剂的作用和原理做了富有成果的研究。20 世纪 70 年代，美国、日本、英国等也进行了开发研究并实现了炉渣微晶玻璃的工业化生产。此后各国材料科学家探索了不同类型的炉渣对玻璃制备，晶核剂选择，玻璃结晶能力的影响。在晶核剂的使用上开始着重注意用氧化物作晶核剂，ZrO_2、P_2O_5、ZnO、Cr_2O_3、TiO_2、MnO_2、磁铁矿等都被研究作为晶核剂，复合晶核剂也开始得到研究和应用。1974 年日本以烧结法生产出新型的微晶玻璃大理石，这种不同于传统玻璃生产的新方法扩大了微晶玻璃基础组成的选择范围并使微晶玻璃产品更加多样化。20 世纪 80 年代我国在微晶玻璃的研究也蓬勃发展起来，并在随后的 20 多年里对矿渣微晶玻璃的原料选择、晶核剂应用、热处理制度、成型方法、玻璃分相以及玻璃成分、结构、性能的关系都做了大量的研究，各种各样的炉渣、粉煤灰、金属尾矿等都被用来研制微晶玻璃。此外，一批国内企业纷纷加入微晶玻璃的研制工作，着重从矿渣微晶玻璃主晶相的结构与性能出发，研究不同主晶相矿渣微晶玻璃的矿渣成分、晶核剂、制备方法、结晶特性和使用性能，以满足产业化的需要。表 1-1 列出了国内主要企业的研发情况。在矿渣微晶玻璃的应用上拓展到了包括建筑、化工、采矿、冶金、电工在内的许多领域。工业化生产也取得了一定发展。几篇优秀的综述分别从已应用的工业废渣[5,6]、制备方法[7]、晶核剂的选择和使用[8]等方面，详细介绍了我国近年来矿渣微晶玻璃的研究与发展，并对矿渣微晶玻璃的发展趋势和待解决的问题作了探讨。

表 1-1 国内微晶玻璃主要生产企业一览[9]

企业名称	产品种类	产品规格	应用领域
德大陶瓷有限公司	各类微晶玻璃	涵盖了从 23mm×23mm 至 1200mm×1800mm 等不同规格 400 多个花色品种	建筑装饰材料
广东省云浮市创展微晶石有限公司	微晶石	各种规格的无孔微晶石、通体微晶石	建筑装饰材料
佛山市鹰田陶瓷有限公司	微晶石	无孔微晶石、通体微晶石、水晶白微晶石等	洁具、装饰用材
广东强兴微晶石有限公司	工业微晶石		洁具、橱柜、装饰用材
晶牛集团	压延、浮法微晶板材	压延板材厚度为 10～20mm,电子、航天板材规格:厚度为 3～10mm	工业、建筑装饰;电磁炉面板、航天应用材料
江苏华尔润集团	微晶板材		装饰板材料
温州市康尔微晶器皿有限公司	微晶玻璃、微晶制品		洁具、装饰用材
鸿昌电子	微晶玻璃制品		洁具、装饰用材
微晶玻璃(东莞)有限公司	微晶玻璃板	黑色微晶玻璃 800mm×630mm 以内的规格、微晶玻璃凹锅	洁具、装饰用材
北京晶雅石科技有限公司	微晶玻璃陶瓷复合板		装饰用材
阳光普照玻璃实业有限公司	压延微晶玻璃		洁具、装饰用材
天津建材国际	微晶玻璃材料		装饰用材
新疆锦泰微晶材料责任有限公司	微晶玻璃装饰用板材		装饰用材

1.1.2 矿渣微晶玻璃的组成和分类

（1）矿渣微晶玻璃的组成

矿渣微晶玻璃的制备包括两个基本过程，即首先制备矿渣玻璃及其制品，随后将制品热处理，使玻璃晶化而转变成微晶玻璃[4]。为达到形成玻璃和控制析晶的目的，矿渣微晶玻璃的组分一般应含有一定的玻璃形成剂 SiO_2、Al_2O_3、B_2O_3 等。同时为使玻璃易于析晶或分相，微晶玻璃组分中还应含有具有小离子半径，大场强的 Mg^{2+}、Zn^{2+} 等[5]，以及作为晶核剂的 Cr_2O_3、TiO_2、磁铁矿等。此外为了形成期望的晶相，玻璃组成中还必须包含适当的组成该晶相的成分，如制备以硅灰石（$CaSiO_3$）为主晶相的矿渣微晶玻璃必须含有较多的 CaO 等。因此，并非所有的矿渣都适合于制造矿渣微晶玻璃。

到目前为止，已经成功地用于制造矿渣微晶玻璃的有：冶金渣（如高炉渣、平炉渣等），此类矿渣制得的微晶玻璃典型的化学组成为[4]49%～63% SiO_2、5.4%～10.7% Al_2O_3、22.9%～29.6% CaO、1.3%～12% MgO、0.1%～10% Fe_2O_3、1%～3.5% MnO、2.6%～5% Na_2O；尾矿（如石棉尾矿、铁尾矿等），较佳的成分范围为[7]50%～60% SiO_2、6%～9% Al_2O_3、11%～13% CaO、3%～5% MgO、3%～5% K_2O、2%～8%（$FeO+Fe_2O_3$）；灰渣（如粉煤灰、煤渣等）以及某些岩石或岩土尾砂（如玄武岩、高岭土等）。它们一般都含有 SiO_2、CaO、Al_2O_3、MgO、R_2O 以及可以作为助熔剂、晶核剂的组分。但要制得具有所需工艺性能的微晶玻璃，还要根据需要添加一些其他的组分如石英砂、纯碱等。

能够形成微晶玻璃的组成有一定的范围限制，对基础组分的选择要遵循以下原则[4,8]：①具有较好的熔制特性，如熔制温度不能过高，组成中挥发成分不能过高以保持组分的稳定性等；②具有较好的操作特性，如析晶上限要低于成型温度，基础玻璃在熔化和热处理过程中不分层，在热处理温度以下不失透，而在热处理过程中易于析晶，析晶过程中变形小，保证能析出符合要求的晶相等；③对矿渣微晶玻璃，还要求配方中要有允许波动范围以适应工业生产中废渣成分波动、熔制挥发等因素的影响以及能够尽可能多地引入矿渣。因此，对不同的矿渣成分、成型方法、热处理制度及期望的主晶相等，都对应不同的玻璃成分范围。

（2）矿渣微晶玻璃的类型

按所用的矿渣成分来分，矿渣微晶玻璃可以分为炉渣微晶玻璃和灰渣微晶玻璃等。按结晶过程中析出的主晶相种类，可分为以下几类。

① 灰石矿渣微晶玻璃，主晶相为硅灰石。

硅灰石（β-$CaSiO_3$）具有典型的链状结构，抗弯强度、抗压强度较高，热膨胀系数较低。CaO-Al_2O_3-SiO_2 是硅灰石类微晶玻璃的基本系统。硅灰石类微晶玻璃最有效的晶核剂是硫化物和氟化物，通过改变硫化物的种类和数量可以制备黑色、浅色和白色的矿渣微晶玻璃[10]。其他晶核剂如 P_2O_5、V_2O_5、TiO_2 等对该系统的作用也有研究[11,12]。该系统玻璃 CaO 含量对玻璃制备和制品性能有很重要的影响，CaO 含量高、MgO 含量低有利于形成硅灰石。高 CaO 含量玻璃宜采用浇注法成型，而低 CaO 含量的玻璃宜采用烧结法成型。

利用 CaO-Al_2O_3-SiO_2 系统在高硅区只发生表面析晶而不整体析晶的析晶性能，在不加入晶核剂的情况下采用烧结法可制得性能优良的微晶玻璃大理石或微晶玻璃花岗岩等装饰板[13]。赵前等[14]分析了基础玻璃中各组分对 CaO-Al_2O_3-SiO_2-R_2O-ZnO 系统烧结微晶玻璃装饰板生产的影响，并指出合适的玻璃基础组成范围为（质量分数）：12%～20%CaO、4%～10%Al_2O_3、55%～65%SiO_2、4%～10%（Na_2O＋K_2O）、1%～5% B_2O_3、2%～10%BaO、2%～10%ZnO。加入适量的硒粉及镉红为着色剂可制得颜色纯正的红色微晶玻璃装饰板。

以硅灰石为主晶相的微晶玻璃在热处理过程中，当晶化温度高于1150℃时会发生由 β-$CaSiO_3$ 向 α-$CaSiO_3$ 的转变，并随着温度的升高转变加剧，导致玻璃性能的恶化。因此晶化温度在 1080～1120℃比较合适。

硅灰石微晶玻璃的力学性能，耐磨、耐腐蚀性能都比较优越。可以作为耐磨、耐腐蚀的器件用于化学和机械工业中。微晶玻璃装饰板强度大，硬度高，耐候性能好，热膨胀系数小，具有美丽的花纹，是用作建筑材料的理想材料。

② 辉石类微晶玻璃，主晶相为透辉石 [$CaMg(SiO_3)_2$]。

透辉石 [$CaMg(SiO_3)_2$] 是一维链状结构，化学稳定性和耐磨性好，机械强度高。基本玻璃系统有 CaO-MgO-Al_2O_3-SiO_2、CaO-MgO-SiO_2、CaO-Al_2O_3-SiO_2 等。辉石类矿渣微晶玻璃最有效的晶核剂是氧化铬，也常采用复合晶核剂如 Cr_2O_3 和 Fe_2O_3、Cr_2O_3 和 TiO_2、Cr_2O_3 和氟化物。ZrO_2、

P_2O_5 分别与 TiO_2 组成的复合晶核剂可有效促进钛渣微晶玻璃整体晶化,成核机理皆为液相分离,主晶相为透辉石和榍石[15]。辉石晶化能力高,其趋向于全面的同结晶的性质,使得各种阳离子轻易地构筑成晶格,因此对于合成辉石矿渣微晶玻璃来说可以采用各种组成的矿渣。

由于矿渣成分的复杂性,不易制得晶相单一的微晶玻璃。而辉石类晶体属链状结构,其单链结构是以 $[Si_2O_6]^{4-}$ 为结构单元的无限长链,透辉石中的 Mg^{2+} 经常可以被 Fe^{2+}、Mn^{2+}、Ni^{2+} 等取代而形成固溶体,利用这个特性同样可以得到性能优异的制品。以金砂尾矿为主要原料制得了以单相透辉石固溶体 $Ca(Mg,Al,Fe)[Si_2O_6]$ 为主晶相的微晶玻璃,莫氏硬度达8.2,抗折强度为1520.27MPa,耐磨、耐腐蚀性优越[11]。采用酸洗硼镁渣为主要原料也制得了以透辉石和透辉石与钙长石固溶体 $Ca(Mg,Al)(Si,Al)O_6$ 为主晶相的矿渣微晶玻璃,由于同时含有几种晶相,使得晶相细小均匀,无微裂纹产生,固溶体的形成增强了玻璃的强度,是性能良好的建筑饰面装饰材料。矿渣用量达60%[16]。

③ 含铁辉石类矿渣微晶玻璃,主晶相为 $Ca(Mg,Fe)Si_2O_6$-$Ca(Mg,Na,Al)Si_2O_6$ 固溶体或 $Ca(Mg,Fe)Si_2O_6$-$CaFeSi_2O_6$ 固溶体。

许多矿渣,如钢渣、有色金属或黑色金属的选矿尾砂,铁的含量相当高 $(FeO+Fe_2O_3>10\%)$,见表1-2。这类矿渣若除铁后使用,不仅增加了生产和工艺的复杂性,而且也大大降低了矿渣的利用率。辉石的大规模同晶趋向可以使各种阳离子轻易进入晶格。据此可制备含铁辉石矿渣微晶玻璃。含铁辉石组成玻璃最适宜的晶核剂是 Cr_2O_3,Cr_2O_3 和氧化铁一起形成尖晶石,以后在其晶体上析出主要晶相——组成复杂的单斜晶辉石。用表1-2所示的矿渣在 CaO-MgO-SiO_2 系统中都制得了以单斜晶辉石为主晶相的矿渣微晶玻璃。玻璃组成范围大致为:40%~60% SiO_2、10%~20% CaO、6.6%~11.5% MgO、4.2%~13% $(FeO+Fe_2O_3)$。耐磨性、耐热性及机械强度都很好。

表 1-2 几种含铁矿渣的组成   单位:%

类别	SiO_2	CaO	MgO	Al_2O_3	$FeO+Fe_2O_3$	MnO	R_2O	TiO_2	Cr_2O_3
炼钢矿渣[17]	25~30	20~27	10~17	3~5	15~23	8~10	—	—	—
炉渣[18]	31.88	27.91	17.07	3.96	10.77	7.66	0.37	0.33	1.97
炉灰[19]	43.8	4.8	2.0	21.9	11.9	—	1.8	0.7	—

④ 镁橄榄石类微晶玻璃，主晶相为镁橄榄石（Mg_2SiO_2）。

镁橄榄石具有较强的耐酸碱腐蚀性、良好的电绝缘性、较高的机械强度和由中等到较低的热膨胀系数等优越性能，基本系统是 MgO-Al_2O_3-SiO_2。

在 MgO-Al_2O_3-SiO_2 系统中，对一定组成的玻璃经过正确的热处理，也可以像 CaO-Al_2O_3-SiO_2 系统那样，获得具有天然大理石外观的材料。以镁橄榄石为主晶相，基础玻璃组成范围为：45%～68%SiO_2、14%～25%Al_2O_3、8%～16%MgO、2%～10%ZnO、10%～22%Na_2O。成型温度低于 CaO-Al_2O_3-SiO_2 系统，适合于工业性大规模生产。制品的耐酸碱性、抗弯强度、硬度、抗冻性等均比天然大理石和花岗岩要优越。加入适量的着色剂如 CuO、NiO、CdO、Fe_2O_3 等可以制得各种颜色的微晶玻璃大理石[20]。

⑤ 长石类矿渣微晶玻璃。

钙长石和钙黄长石也是矿渣微晶玻璃中常有的晶相。以炼钢矿渣制得以下组成的矿渣微晶玻璃：40.2%～46.2%SiO_2、7.5%～9.1%Al_2O_3、38.7%CaO、3.7%～7.7%MgO、0.2%～0.3%FeO、0.3%～0.8%MnO、1.0%～5.0%R_2O、2%～6%ZnO、0.4%～1.0%S^{2-}。主要晶相是以黄长石为基础的固溶体。ZnO 参与黄长石的形成，同晶取代四面体群 $(MgO_4)^{6-}$ 中的 Mg^{2+} 形成锌黄长石。ZnO 含量为 2%时得到细微的析晶结构[21]。

1.1.3　矿渣微晶玻璃结构及性能

微晶玻璃是由结晶相和玻璃相组成的。微晶玻璃中的结晶体比一般结晶材料的晶体要小得多，通常不超过 $2\mu m$，微晶玻璃的这种极细晶粒的没有孔隙的均匀结构，有利于获得高机械强度和好的绝缘性能。微晶玻璃的结晶相的数量一般为 50%～90%，玻璃相的数量从 10%到高达 50%，微晶玻璃中结晶相和玻璃相的分布状态，随它们的比例而定。当玻璃相占的比例大时，玻璃相呈现为连续的基体，晶相均匀地分布其中；当玻璃相数量较少时，玻璃相分散在晶体网架之间，呈连续网络状。当玻璃相数量很低时，玻璃相以薄膜的状态分布在晶体之间。

细晶结构是微晶玻璃最突出的结构特征之一，是微晶玻璃获得一系列优越性能的前提。而影响玻璃显微结构状态的因素较多，如玻璃中各组分的含量、晶相组成、晶核剂的种类及用量、热处理制度等。合适的晶核剂和热处理制度，可以使玻璃在成核阶段析出大量的晶核，并得到分布均匀、晶粒细小的晶体。

微晶玻璃中晶相和玻璃相的组成及相互比例，将影响玻璃的性能，对于玻璃相和结晶相哪一个在构成微晶玻璃性质方面起主导作用存在不同的见解[2]。但一般都认为，结晶相数量多一些对玻璃的机械强度、硬度以及耐磨性、化学稳定性的提高将起有利的作用，因此，要注意防止"稀释效应"，即防止由于玻璃相含量过多而降低了晶相对玻璃性能的贡献。

1.1.4 矿渣微晶玻璃的发展趋势

矿渣微晶玻璃作为一类重要的无机非金属材料，其某些优异的性能和消耗工业废渣的特点是其他材料不可比拟的。经过 40 多年的研究，矿渣微晶玻璃领域已经取得了重大进展，有了大量的设计实例并在某些玻璃系统上实现了一定范围内的工业化应用，然而矿渣微晶玻璃的研究仍面临一些重要的课题需要进一步研究，包括如下几个方面。

① 拓宽研究范围　研究范围从高硅区拓宽到中硅区，以期开拓新的应用领域[22]。

② 扩大玻璃作色范围　矿渣微晶玻璃一般为深色，现在某些系统已经可以研制彩色以及从白色到深色的一系列制品[13,23]。

③ 用矿渣生产技术微晶玻璃　技术微晶玻璃的制备常采用化学试剂或纯度较高的矿物为原料，而矿渣成分复杂，波动较大，通常只制得含有硅酸钙类晶体的微晶玻璃。但最近已有了以矿渣制备技术微晶玻璃的报道[24,25]。若技术成熟，可以迅速扩大矿渣微晶玻璃的应用领域，并有效降低技术微晶玻璃的生产成本。

④ 矿渣微晶玻璃材料设计的智能化　由于矿渣微晶玻璃组成、结构与性能之间的关系尚不十分清楚，使矿渣微晶玻璃的材料设计缺乏有效的理论指导和切实可行的设计模型，其设计方法仍然采用传统的反复试错法（trial and error），效率低下，已经严重影响了矿渣微晶玻璃研究的发展和工业化的应用。根据人工智能原理，结合神经网络技术和专家系统理论，建立矿渣微晶玻璃材料设计专家系统，以期提高矿渣微晶玻璃材料设计的智能化水平[26]。

1.1.5 我国矿渣微晶玻璃研究与国外状况比较

随着我国工业化进程的加快，各种矿渣、尾矿大量排放和堆积，造成了极为严重的环境问题。在我国"十一五"和"十二五"规划中，微晶玻璃被规划为国家综合利用行动的战略发展重点和环保治理的重点。与此相对应，对于矿渣微晶玻璃的研究，我国从 20 世纪 90 年代以来进入了一个高峰期。相反，国外对微晶玻璃的研究在 20 世纪 70~80 年代达到高峰以后，现在步伐有所放缓。我国与国外在矿渣微晶玻璃研究上的差距，主要体现在矿渣微晶玻璃的工业化生产。矿渣微晶玻璃的工业化应用在前苏联发展得最为成熟，各种矿渣微晶玻璃都投入大规模生产并产生经济效益[3]。在日本、英国等国家矿渣微晶玻璃的工业化也得到了一定的发展。我国在工业化生产上也做了大量有益的探索，然而由于矿渣微晶玻璃生产的复杂性，实现矿渣微晶玻璃的工业化生产还有很多技术问题需要解决[27]。自 20 世纪 90 年代以来一些矿渣微晶玻璃生产线相继建成并投入调试，但由于技术不成熟，产品常出现很多缺陷，如色斑、色差、炸裂、气泡或变形等，成品率极低，难于规模化。就矿渣微晶玻璃的巨大应用前景来说，我国矿渣微晶玻璃的工业化应用还处于很初级的阶段。其根本原因在于我国的研究多侧重于实验室研究，没有或较少进行长期大量的工业化实验和试产。而国外，一个产品从实验室研究成功到投产一般要经过 3~5 年的试产，解决从原料、工艺、产品性能等一系列工业化生产中可能出现的问题[28,29]。最近，我国的研究人员开始重视从实验室研究到工业化投产这一中间阶段，武汉理工大学、清华大学等在烧结法生产微晶装饰板的工业化研究取得了成功。目前国内从事微晶玻璃装饰板的生产厂家已逾 20 家，产品质量达到国际先进水平。可以期望，我国矿渣微晶玻璃领域的发展将从实验室研究逐步向工业化生产转变，并以其优异的性能而广泛应用于建材、电子、光学、化工、机械等领域。

1.1.6 开发矿渣微晶玻璃的意义

微晶玻璃使用矿渣，具有许多得天独厚的条件，因为矿渣含有的成分属硅酸盐系统，其组成与微晶玻璃的成分很相近，只需要添加少量的矿物原料和化工原料，或根本不用外加成分就可以制造出矿渣微晶玻璃。长期以来，我国侧重于自然资源（即一次资源）的开发利用，而废弃物资源的综合利用得不到重视。煤矸石、粉煤灰、各种尾矿渣及冶金矿渣等大量堆放并以相当大的产生量继续排放和堆存，而它们的利用率很低。因此寻求整体高值利用途径，特别是开发高强、高档、低成本微晶玻璃建筑、装饰或工业用耐磨、耐蚀材料，以最大限度地消耗处置这些工业固体废弃物，已成为国内外社会可持续发展和推动清洁生产的优先开发项目，在科技部制定的 2010 年社会发展纲要中，矿渣微晶玻璃被列为国家资源综合利用行动的战略发展重点和环保治理重点，被称为跨世纪的新材料，属于清洁生产的范畴。

1.2 材料设计

1.2.1 材料设计的含义[30]

材料设计是指通过理论与计算预测新材料的组分、性能，或者说是通过理论设计来"订做"特定性能的新材料。具体来说，材料设计是利用现有的材料、科学知识和实践经验，通过分析和综合，创造出满足特殊要求的新材料的一种活动过程。其目的是改进已有的材料和创造新材料。因此材料设计必须充分地考察材料的性质、组成与结构、合成与加工、使用性能以及它们之间的密切关系，并运用系统的方法来研究材料，寻找设计材料的突破口。目前材料设计已基本形成一套特殊的方法，即根据性能要求确定设计目标，有效地利用现有的资源，通过成分、结构、组织和工艺过程的合理设计制造材料，最后通过对材料行为的评价完成整个设计过程。其关键是成分结构和组织的设计，而合成和加工则是保证成分与组织的主要手段，是材料设计开发的一个重要环节。这当然说的是人们所追求的长远目标，并非是目前就能充分实现的。尽管如此，由于凝聚态物理学、量子化学等相关基础学科的发展，以及计算机计算能力的空前提高，使得材料研制过程中理论和计算的作用越来越大，直至变得不可缺少。

1.2.2 材料设计的发展阶段

第二次世界大战以前，对材料的研究几乎只限于金属。20 世纪 50 年代开始，军事工业的国际竞争加剧，促进了新兴材料的高速发展，而后转入民用，得到了更大的发展。目前正处于一个高速发展的阶段，新的材料不断涌现。这些新型材料具有明显的时代特征：多数是固体物理、固体化学、有机合成、冶金学和陶瓷学等学科的新成就；新材料的发展与新工艺、新技术密切相关；为适应科技发展的要求，更新换代快、试样变化多。

所以，实际上具有真正意义的"材料设计"设想始于 20 世纪 50 年代，在 50 年代初期，前苏联开展了关于合金设计以及无机化合物的计算机预报等早期工作，到 80 年代，日本材料科学家们提出了材料在分子和原子水平上混合，构成杂化材料的设想。1985 年日本出版的《新材料开发与材料设计学》一书，首次提出了"材料设计学"这一方向，使得材料设计形成了一门独立的新兴学科。而后，1989 年美国出版的《90 年代的材料科学与工程》报告，对材料的计算机分析与模型化做出了比较充分的论述。近年来，现代理论和计算机技术的进步，使得材料科学与工程的性质发生变化。计算机计算能力的空前提高为材料设计提供了理论基础和有力手段，使材料科学从半经验的定性描述逐渐进入定量预测控制的更为科学的阶段。

1.2.3　材料设计的最新发展趋势

近 10 年来，材料设计或材料的计算机分析与模型化日益受到重视，材料设计今后的发展趋势主要有如下几个方面。

① 对原有的材料进行改进和发展新材料。原有的材料（如钢铁等）在未来社会生活中仍然占有重要的地位，充分利用新工艺、新手段来更新旧材料仍然具有很好的前景。另外，新型产业的兴起需要新的材料作为依托。新材料的设计是目前材料研究的热点，如超导材料、纳米材料、高强高温的轻质材料、复合材料、薄膜材料、陶瓷和高分子材料等。

② 环境意识加强，材料设计受应用前景支配。脱离应用背景的研究将被抛弃，危害人类未来处境的材料将被限制和被新材料所代替。

③ 材料学与生物学相融合，仿生材料设计将日益受到重视，基本的研究方向是了解合成物质与生物组织之间的相互作用。

④ 材料设计趋向定量化。随着各学科的相互渗透和电子计算机的发展，计算材料设计已成为可能。微观层次的材料设计是今后材料设计的主要发展方向，计算机的应用将加速这一领域的进程。计算机的功能越来越强，已能进行各种计算来确定某种原子特殊组合和排列的性质。目前各种

层次的材料设计的计算机模拟方法得到广泛的应用，计算机和计算机建模大大缩短了新材料、新工艺和新设计从实验室转移到生产现场所需的时间。

目前，材料设计仍局限于经验设计，现代科学技术未能转化成材料设计的有力工具，许多材料工作者习惯于传统的设计思想，有意无意地阻碍了新思想、新知识的输入。其原因首先是新的设计思想是多方面知识的融合，需要从事者有系统的理论知识（包括现代物理、数学、化学、材料科学等）和材料设计经验，各学科之间的结构限制了它的运作；其次是现代材料设计思想是数学、物理、材料科学的综合，理论过于复杂和理想化，在解决实际问题时仍面临许多困难；再次是现代材料设计趋向于以计算机知识和大型计算机作为依托，但目前许多研究单位缺乏必需的物质和技术条件。

现有的理论研究往往与材料设计脱节。物理学已经对微观粒子做了深入的研究，数学也提供了足够的处理问题的计算方法，但应用这些知识处理实际的材料设计问题往往仍令人不知所措。不可否认，现代物理学和材料科学对物质的性能、组织和组成已经做了很详细的研究，即宏观、微观和介观的研究取得了很大的进展，但对三者之间的关系缺乏系统的研究，还找不到一个由微观参数到宏观性能指标的定量的科学准则来指导材料设计。

物理学家和材料学家紧密地结合起来是解决和攻克目前材料设计领域重大问题的关键。这样做，就有可能把物理学所取得的重大成就与材料设计联系起来，人们就可以通过控制微观粒子（如原子、电子），按照预先的要求设计和合成材料，当然这一项工作需要计算机应用技术的帮助。目前在原子尺度上，利用扫描隧道显微镜和原子分辨率透射电子显微镜等仪器已经能以一个原子的分辨率来显示材料的结构。人们已经能够运用等离子技术、分子束技术以及相应的设备在原子层次上控制物质的形核和生长；利用第一性原理和统计物理在电子层次上对材料进行设计，如经验电子理论和改进的 TFD 模型。由于计算机的功能越来越强，仅仅根据各种组成物的原子数量，就可以预测其结构及其随时间变化的过程。

1.2.4　材料设计的方法与途径

目前材料设计的方法主要是在经验规律基础上进行归纳或从第一性原

理出发进行计算（演绎），更多的是两者的相互结合与补充。材料设计的重要途径可分为如下几类。

（1）材料知识库和数据库技术

人们在材料设计中引入了所谓模型的概念，即将比较接近所要求物性的微观结构作为模型，并通过改进模型使之满足所要求的物性，这样一种近似方法就叫模型方法。模型必须建立在大量数据积累的基础上，也就是说，为使多种实验数据变得有意义，应当建立数据库，以供模型方法使用。在材料设计中，数据库的建立是非常重要的。

材料知识库和数据库就是以存取材料知识和性能数据为主要内容的数值数据库。计算机化的材料知识和性能数据具有一系列优点：存储信息量大、存取速度快、查询方便、使用灵活；具有多功能，如单位转换及图形表达等已获得广泛应用，并可以与 CAD、CAM 配套使用，也可与人工智能技术相结合，构成材料性能预测或材料专家系统等。与早期数据的自由管理方式和文件管理方式相比，计算机的材料库知识和性能还具有数据优化、数据独立、数据一致、数据共享和数据保护等优点。

在数据库系统中，还有一个负责数据库管理和维护的软件系统，称为数据库管理系统，它负责数据库的建立、操作和维护。数据库管理系统又分为层次型、网络型和关系型三种。关系型数据库管理系统的出现，促进了数据库的小型化和普及化，使得在计算机上配置数据库系统成为可能。

除了数据库管理软件外，数据的收集、整理和评价是建立数据库的关键。一个材料数据库通常包括材料的性能数据、材料的组分、材料的处理、材料的试验条件以及材料的应用与评价等。

当前，国际上的数据库正朝着智能化和网络化的方向发展。智能化是将数据库发展成为专家系统，而网络化是将分散的、彼此独立的数据库相连而成一个完整系统。

（2）材料设计专家系统

材料设计专家系统是指具有相当数量的与材料有关的各种背景知识，并能运用这些知识解决材料设计中有关问题的计算机程序。在一定范围和一定程度上，它能为某些特定性能材料的制备提供指导，以帮助研究人员进行新材料的开发。专家系统的研究开始于 20 世纪 60 年代中期，近年来应用范围越来越广。最简单（原始）的专家系统包括一个知识库和一个推理系统。专家系统还可以连接（或包括）数据库、模式识别、人工神经网络以及各种运算模块。这些模块的综合运用可以有效地解决设计中的有关问题。

最理想的专家系统是从基本理论出发，通过计算和逻辑推理，预测未知材料的性能和制备方法。但由于制约材料结构和性能的因素极其复杂，在可以预见的将来，这种完全演绎式的专家系统还难以实现。目前的专家系统是以经验知识和理论知识相结合（即归纳与演绎相结合）为基础的。

材料设计专家系统大致有以下几类。

① 以知识检索、简单计算和推理为基础的专家系统　由于材料科学研究需要的知识面广，有关资料极其庞杂，任何一位专家都不可能记住全部有关资料，所以单靠个人就会丧失许多灵活运用这些资料的机会。利用计算机则可以弥补这个缺陷。

② 以计算机模拟和运算为基础的材料设计专家系统　材料研究的核心问题之一是材料的结构与性能关系。在对材料的物理、化学性能已经了解的前提下，有可能对材料的结构与性能关系进行计算机模拟或用相关的理论进行运算，以预测材料性能和制备方案。

③ 以模式识别和人工神经网络为基础的专家系统　模式识别和人工神经网络是处理受多种因素影响的复杂数据集、用于总结半经验规律的有力工具。材料设计中两个核心问题是结构-性能关系和制备工艺-性能关系。这两类关系都受到多种因素的制约，故可用模式识别或人工神经网络（或两者结合），从已知实验数据集中总结出数学模型。

④ 以材料智能加工为目标的材料设计专家系统　材料智能加工是材料设计研究的新发展，其目标是通过在位传感器在材料制造过程中采集信息，并输入智能控制以实现控制决策，使制备中的材料能循着最佳途径成为性能优良、稳定以及成品率高的材料。材料智能加工研究始于20世纪80年代中期，已在大直径砷化镓单晶制备、碳纤维增强碳素复合材料制备、粉末热压与喷射成形等方面得到应用并取得良好效果。

（3）材料设计中的计算机原理

当今材料科学的发展面临着两大问题：①由于研究对象的复杂性，现有理论手段很难处理一些极为复杂的问题，例如求解一个比较复杂的分子的薛定谔方程很难实现；②新的实验手段、仪器、设备虽然不断涌现，在一定范围内为实验提供了新的方法，但大都极为昂贵，只为个别或少数研究者所拥有，研究的问题也极为有限。

当传统研究方法不能满足新材料制备要求时，人们的目光转向理论辅助的材料设计。随着计算机技术的发展，计算材料学正成为材料研究领域的重要分支。除日益增多的流程参数的计算机控制外，通过计算机模拟，深入研究材料的结构、组成及其在各物理、化学过程中微观变化机制，以达到材料成分、结构及制备参数的最佳组合，即以材料设计为目的已成为材料设计科学发展的前沿热点。这是由于：①计算机可以模拟进行现实中不可能或很难实现的实验，如材料在极端压力、温度条件下的相变；②计算机可以模拟目前实验条件无法进行的原子及其以下尺度的研究等；③计算机模拟可以验证已有理论和根据模拟结果修正或完善已有理论，也可以从模拟研究出发，指导、改善实验室实验。因此，计算机模拟已成为除实验和理论外解决材料科学中实际问题的第三个重要组成部分，使材料研究跳出了传统的"炒菜法"而发展为基于原理的方法。

1.2.5　材料设计思想在无机非金属材料中的应用

长期以来，一种新材料的发现多是反复实验的结果，即通过所谓的试行-错误法（trial and error，俗称"炒菜法"）来获得一种新材料。这种方法具有很大的偶然性和盲目性，费时费力，效率低下。如果了解了一种材料的组分、制备工艺与所得材料的结构之间的关系，以及材料结构与材料性能之间的关系，那么就可以通过控制原料的配比和选择适当的工艺过程来获得需要的材料，这就是材料设计的思想。数十年来，由于材料科学的发展，人们可以通过了解材料组分、工艺、结构、性能和使用之间的关系来设计所需要的材料。特别是计算机技术的发展，使材料设计的思想有了重要的发展。当前材料设计的概念是指[31]：在计算机的辅助下，以先前积累的知识和经验为基础，根据所提出的性能要求，给出有关材料组分和制备方法方面的信息，用以指导实验，从而提供符合要求的、具有某种性能并在某种条件下可以实用的材料，以达到事半功倍的效果。

计算机的应用日益普及，越来越多的材料研究工作者在开发新材料的同时，利用计算机辅助技术，进行材料组分和工艺的设计或对材料性能进行预测，所涉及的材料范围也日益扩大，由最早的有机材料开始，向高温合金、无机非金属材料、核材料、超导体等材料延伸。在这方面，日本的研究最为突出。

在无机非金属材料领域，日本的一些大学进行了大量的研究，使无机非金属材料计算机辅助设计及专家系统获得了初步的发展。

日本东京大学材料科学系牧岛教授利用玻璃材料数据库和知识库开发了一个材料设计专家系统。它从数据库中选出满足一定要求的玻璃组分——某些氧化物，再利用知识库中的有关玻璃生成规则，预报这些组分生成玻璃的可能性，该系统利用玻璃组分的原子半径和分解能的资料来计算材料的物性，通过对组分和物性的比较，高效率地完成具有所希望性质的新玻璃的材料设计工作[32]。东京大学工业技术研究所安井至利用回归处理方法对数据库中的资料进行统计分析，建立起玻璃材料的组分与性能之间的关系，并构造了一个专家系统来预报钙钛矿的生成[33]。日本朝日公司研究中心把玻璃材料数据库、分子模拟系统和专家系统结合起来，组成一个集成化的材料设计系统，使材料设计研究更趋于合理[34]。

陶瓷是多晶材料，其材料设计过程比玻璃设计要更为复杂。藤原和安井至建立了一个有关陶瓷的材料设计系统[35]：先由陶瓷数据库中选出最接近于所要求性能的候选材料，进行修改以减小其与用户要求的差距。为此需编制子程序以预报在组分变化时性能的变化。日本国家无机材料研究院与东京大学合作开发了陶瓷材料设计专家系统[36]，利用元素的晶体化学数据库和化合物的热力学数据库，并将氮化硅的烧结参数、微观结构和强度之间的关系建成知识库，采用人工智能软件进行推理，从众多的氧化物中选出合适的烧结助剂并计算出陶瓷材料在室温和高温下的强度值。

在国内，清华大学吕允文、李德恒为了进行高温结构陶瓷的材料设计，建成了一个陶瓷材料数据库和一个二氧化锆知识库[31]。材料数据库中收集了国内外有关 ZrO_2、Si_3N_4 和 SiC 等高温结构陶瓷的实验数据4000组，包括材料组分、工艺、特点应用、性能及实验条件等信息。知识库中则主要收集了有关二氧化锆组分、工艺与性能的关系，可以进行一定的性能预测工作。华中理工大学韦江维等针对掺 Bi 磁光薄膜材料组分、工艺、性能之间关系尚无明显规律，难以建立一定数学模型的特点，采用人工神经网络与人工智能原理相结合，实现了 Bi-YIG 磁光材料薄膜材料性能的预测与设计[37]。

1.2.6 矿渣微晶玻璃材料设计的现状

玻璃是均匀的非晶材料，没有晶界，其组分和性能之间具有近似线形的关系。陶瓷则是多晶材料，晶界的存在影响着某些重要的性能，因而要采用与玻璃不同的更为复杂的材料设计方法。而矿渣微晶玻璃可以看作晶体和非晶体的结合，包括各种晶相和残余玻璃相。而晶相与玻璃相以及它们在微晶玻璃中的相对比例都对矿渣微晶玻璃的性能具有相当重要的影响，而这些影响还不十分清楚。一般认为，微晶玻璃中的主晶相和次晶相决定了微晶玻璃的一部分性能，如耐磨性、机械强度等，而玻璃相决定了另一部分性能，如耐酸碱性、耐水性等。总之，尽管矿渣微晶玻璃在其材料开发的各个方面都有了大量的研究，已经开发了许多产品并实现了工业化生产，但矿渣微晶玻璃的组成、工艺、结构和性能之间的关系仍然是不清晰的，其新材料的开发既缺乏合适的理论指导又缺乏切实可行的经验模型。鉴于这个原因，目前矿渣微晶玻璃新材料的开发仍然停留在"炒菜式"的低水平上，已经严重影响了矿渣微晶玻璃的进一步发展。

为了解决这一问题，一方面需要依靠国内外材料科学家进一步研究矿渣微晶玻璃生产的理论，探索矿渣微晶玻璃组成、工艺、结构和性能之间的关系；另一方面，总结矿渣微晶玻璃生产的理论和实际，借助计算机技术，开发矿渣微晶玻璃材料设计专家系统，使材料设计上升到智能化的水平。

1.2.7　矿渣微晶玻璃神经网络专家系统开发的意义

目前，矿渣微晶玻璃开发具有以下特点：①国内外已经有了大量的矿渣微晶玻璃开发的成功实例，但这些资料比较分散，形式不统一，不便于快速选择最优的设计实例以资借鉴；②尽管在前苏联、日本等国家已经实现了矿渣微晶玻璃的工业化生产，但由于微晶玻璃影响因素的复杂性和工艺制度的特殊性，使生产工艺只掌握在少数材料专家手中，难于普及推广，限制了微晶玻璃的工业化发展；③如前所述，矿渣微晶玻璃组成、结构、性能之间的关系还不十分清楚，难以获得合适的理论指导和切实可行的经验模型，一种新的矿渣微晶玻璃的开发仍需反复实验，效率很低。这些原因，给矿渣微晶玻璃的设计和工业化造成了很大的困难。

鉴于以上原因，根据材料设计思想，结合矿渣微晶玻璃材料开发的具体实际，提出了开发矿渣微晶玻璃神经网络专家系统。开发矿渣微晶玻璃神经网络专家系统具有十分重要的意义：第一，可以将该领域内不同来源的设计实例汇集和综合起来，以统一的数据结构存放在数据库中，这样既可以使知识系统化，防止知识的流失，又可以利用数据库的强大检索功能，快速向用户提供设计信息；第二，以专家系统推理规则的形式将领域专家分析和解决问题的思维方式模型化，通过专家系统推理机即通过计算机程序将专家的经验和知识存储起来，对矿渣微晶玻璃设计进行指导，这样可以在一定程度上减轻对为数不多的材料设计专家的依赖，便于矿渣微晶玻璃的新材料开发和工业化发展；第三，由于人工神经网络具有处理非线性问题的能力，可以通过样本训练将微晶玻璃设计的知识隐式地表达在权值矩阵中。将人工神经网络和专家系统相结合，就可以有效地解决矿渣微晶玻璃组成结构性能之间关系复杂、专家知识难于获取和表达的问题。

总之，矿渣微晶玻璃神经网络专家系统开发的目的，正是在矿渣微晶玻璃经验知识比较丰富，而理论知识相对匮乏的情况下，综合和提炼专家的知识，建立矿渣微晶玻璃材料设计实例库和知识库，并在此基础上模拟专家开发、设计矿渣微晶玻璃的思路和方法，开发神经网络专家系统，使矿渣微晶玻璃新材料的研制由"炒菜法"向优化设计的深层次转化，从而促进矿渣微晶玻璃的研究与开发以及工业废渣的综合利用。另外本研究的开发成功不仅使矿渣微晶玻璃的研究上升到一个智能化的水平，而且也有助于推动国家资源综合利用行动的战略发展重点和环保治理重点的实施，因此本研究在理论上和实践上都有重要的意义，必将具有广阔的发展前景。

1.3 建立矿渣微晶玻璃专家系统的基本思路

通过上述的分析，国内外学者在材料设计理论和方法上进行了大量的研究，提出了开发材料设计专家系统的基本框架，这对矿渣微晶玻璃材料设计神经网络专家系统的开发具有很重要的指导意义。矿渣微晶玻璃神经网络专家系统进行材料设计的思路是：根据给定的矿渣成分及设计要求，直接查阅相关的材料设计手册、文献，找出相似的设计实例，以该实例的成分参数和工艺参数作为新材料设计的初步参数，按具体情况经过参数调整，再由实验加以验证，若实验结果符合设计要求，则该设计参数可以作为最终的参数，若不成功，则根据已有的经验和知识调整参数，直到符合要求为止。如果难以找到相似的设计实例，可以依据其主要成分初步确定该矿渣组成属于某一玻璃系统和可能形成的主晶相，再确定相应的玻璃组成参数和工艺参数，最后由实验验证设计是否符合要求。本书以此为依据，阐述了矿渣微晶玻璃材料设计神经网络专家系统的构建，并围绕系统开发过程中出现的理论与实际问题进行了详细分析和说明。本书重要的研究内容如下。

① 神经网络专家系统的构成　简要介绍人工神经网络与专家系统的基本原理与方法，以及将专家系统和神经网络结合起来开发人工神经网络专家系统的方法。该项研究将确定人工神经网络专家系统的总体框架。

② 矿渣微晶玻璃数据库的建立　根据矿渣微晶玻璃领域知识和系统推理的需要，确定数据库的开发工具、数据结构和数据库的组织形式。

③ 类比设计和经验设计　在对类比学习原理深入了解的基础上，对矿渣微晶玻璃材料设计中的类比方法进行深入分析，确定类比设计的相似准则并建立类比设计模块；分析材料设计专家在矿渣微晶玻璃新材料开发过程的思维过程和实际经验，将矿渣微晶玻璃材料开发过程概念化和模型化，并在此基础上建立经验设计模块。

④ 神经网络及其模型　通过前面对影响材料设计各因素的分析，利用人工神经网络中的多层前馈网络模型及其反传算法，建立多影响因素、多输出指标的材料设计效果预测模型。它也是矿渣微晶玻璃知识获取的重要方法。

参 考 文 献

[1]　McMillan P W. Glass Ceramics. London：Academic Press，1979.

[2]　国家建委建筑材料科学研究院技术情报所. 国外矿渣微晶玻璃资料汇编（第一集）. 1973（内部资料）.

[3]　国家建材工业局蚌埠玻璃工业设计院信息中心. 矿渣微晶玻璃的生产与应用（上下册）. 1994（内部资料）.

[4]　潘守芹等编. 新型玻璃. 上海：同济大学出版社，1992：73-74.

[5]　沈定坤. 微晶玻璃的组成、结构和性能. 玻璃与搪瓷，1991，19（6）：26-32.

[6]　潘守芹等编. 新型玻璃. 上海：同济大学出版社，1992：73-126.

[7]　刘军，邢军. 金属尾矿建筑微晶玻璃晶核剂的研究. 东北大学学报，1998，19（5）：452-455.

[8]　[英] 麦克米伦 P W. 微晶玻璃. 王千伩译. 北京：中国建筑工业出版社，1988：97-108.

[9]　杜念娟，徐美君. 浅谈矿渣微晶玻璃. 玻璃，2009，（2）：43-49.

[10]　赵前等. 烧结法生产 CaO-Al_2O_3-SiO_2-R_2O-ZnO 红色微晶玻璃板. 武汉工业大学学报，1997，19（4）：41-43.

[11]　郭红春. CaO-MgO-Al_2O_3-SiO_2 系统矿渣微晶玻璃研制及热处理研究 [学位论文]. 西安：西北轻工业学院，1995.

[12] 王志强等. 酸洗硼镁渣微晶玻璃的研究. 玻璃与搪瓷, 1999, 27 (3)：9-13.

[13] 邓再德, 曾惠丹, 英廷照. 硅灰石型烧结微晶玻璃及其应用前景. 玻璃与搪瓷, 2001, 29 (1)：42.

[14] 赵前等. 烧结法生产 $CaO-Al_2O_3-SiO_2-R_2O-ZnO$ 红色微晶玻璃板. 武汉工业大学学报, 1997, 19 (4)：41.

[15] 肖兴成, 江伟辉等. 钛渣微晶玻璃晶化工艺的研究. 玻璃与搪瓷, 1999, 27 (2)：7.

[16] 王志强等. 酸洗硼镁渣微晶玻璃的研究. 玻璃与搪瓷, 1999, 27 (3)：9.

[17] 特鲁纳耶夫. 用炼钢矿渣合成玻璃结晶材料. 料矿渣微晶玻璃的生产与应用, 1994：93.

[18] 基斯里钦. 用马丁炉矿渣合成玻璃结晶材料. 料矿渣微晶玻璃的生产与应用, 1994：104.

[19] 莫基尔斯基. 用热电厂炉灰生产的微晶玻璃. 料矿渣微晶玻璃的生产与应用, 1994：110.

[20] 肖淑新. $MgO-Al_2O_3-SiO_2$ 系统的微晶玻璃大理石. 硅酸盐建筑制品, 1992, (4)：40.

[21] 谢明. 矿渣微晶玻璃新组成的研制. 料矿渣微晶玻璃的生产与应用, 1994：110; 1994：145.

[22] 刘军, 宋守志, 姜宏民. 金属尾矿微晶玻璃研究的进展与问题. 沈阳建筑工程学院学报, 1999, 15 (3)：234.

[23] 王承遇, 陶瑛, 郝彦武. 乳白色钨尾矿微晶玻璃的研制. 新型建筑材料, 2001, (10)：38.

[24] 李金平, 钱伟君, 李香庭. 用工业废渣为主要原料制备可切削微晶玻璃. 无机材料学报, 1992, 7 (2)：251.

[25] 王民权, 樊先平, 李道平. 以低品位高岭土为主要原料制备低膨胀微晶玻璃研究. 非金属矿, 1994, 1：25.

[26] 文岐业. 矿渣微晶玻璃神经网络专家系统研究 [学位论文]. 南宁：广西大学, 2001.

[27] 许淑惠, 林宏飞, 彭国勋等. 矿渣微晶玻璃产品的研究与开发. 玻璃与搪瓷, 2000, 28 (2)：51.

[28] Hisashi Endo, Yoshikazu nagayoshi, kenji Suzuki. Production of Glass Ceramics from Sewage Sludge. Wat. Sci. Tech., 1997, (36)：235-241.

[29] Pelino M. Recycling of Zinc-hydrometallurgy Wastes in Glass and Glass-Ceramic Materials. Waste management, 2000, 20：561.

[30] 赵九蓬. 新型功能材料设计与制备工艺. 北京：化学工业出版社, 2003.

[31] 吕允文, 李恒德. 新材料开发与材料设计. 材料导报, 1993, 7 (3)：1-4.

[32] Makishima A, et al. Computer Aided Innovation of New Materials, 1991：891.

[33] Yasul I. Computer Aided Innovation of New Materials, 1991：897.

[34] Takada A, et al. Computer Aided Innovation of New Materials, 1991：109.

[35] Fujiwara Y, Yasui I. J. Ceram. Soc. Jpn., 1990, 98：817.

[36] Mitomo M, et al. Computer Aided Innovation of New Materials, 1991：903.

[37] 韦江维, 胡华安, 何华辉. 计算机辅助 Bi-YIG 磁光薄膜材料设计的专家系统研究. 材料导报, 1996, 10 (5)：5-7.

第2章
矿渣微晶玻璃专家系统设计

2.1 专家系统简介

2.1.1 专家系统定义

专家系统（expert system，ES）是一个具有专门知识的程序系统[1]，这些专门知识包括在特定领域中理解有关问题的知识，以及解决其中若干问题的技巧。专家系统根据一个或多个领域专家提供的专门知识进行推理，模拟人类专家做决策的过程来解决那些需要专家才能解决的复杂问题。简而言之，专家系统就是运用特定领域的专门知识，通过推理来模拟通常由人类专家才能解决的各种复杂的、具体的问题，达到与专家具有同等解决问题能力的计算机智能程序系统。它能对决策的过程做出解释，并有学习功能，即能自动增长解决问题所需的知识。它是人工智能理论（artificial intelligence，AI）的一个重要应用。

2.1.2 专家系统发展简况[2,3]

专家系统是人工智能中最重要的也是最活跃的一个应用领域，它实现了人工智能从理论研究走向实际应用、从一般推理策略探讨转向运用专门知识的重大突破。20世纪60年代初，出现了运用逻辑学和模拟心理活动的一些通用问题求解程序，它们可以证明定理和进行逻辑推理。但是这些通用方法无法解决复杂的实际问题，很难把实际问题改造成适合于计算机解决的形式，并且对于解题所需的巨大的搜索空间也难以处理。1965年，F. A. 费根鲍姆等人在总结通用问题求解系统的成功与失败经验的基础上，结合化学领域的专门知识，研制了世界上第一个专家系统Dendral，可以推断化学分子结构。20多年来，知识工程的研究，专家系统的理论和技术不断发展，应用渗透到几乎各个领域，包括化学、数学、物理、生物、医学、农业、气象、地质勘探、军事、工程技术、法律、商业、空间技术、自动控制、计算机设计和制造等众多领域，开发了几千个专家系统，其中不少在功能上已达到，甚至超过同领域中人类专家的水平，并在实际应用中产生了巨大的经济效益。

专家系统的发展已经历了三个阶段，正向第四代过渡和发展。第一代专家系统（Dendral、Macsyma 等）以高度专业化、求解专门问题的能力强为特点。但在体系结构的完整性、可移植性等方面存在缺陷，求解问题的能力弱。第二代专家系统（Mycin、Casnet、Prospector、Hearsay 等）属单学科专业型、应用型系统，其体系结构较完整，移植性方面也有所改善，而且在系统的人机接口、解释机制、知识获取技术、不确定推理技术、增强专家系统的知识表示和推理方法的启发性、通用性等方面都有所改进。第三代专家系统属多学科综合型系统，采用多种人工智能语言，综合采用各种知识表示方法和多种推理机制及控制策略，并开始运用各种知识工程语言、骨架系统及专家系统开发工具和环境来研制大型综合专家系统。在总结前三代专家系统的设计方法和实现技术的基础上，已开始采用大型多专家协作系统、多种知识表示、综合知识库、自组织解题机制、多学科协同解题与并行推理、专家系统工具与环境、人工神经网络知识获取及学习机制等最新人工智能技术来实现具有多知识库、多主体的第四代专家系统。

2.1.3　专家系统的基本设计思想[4]

一般的应用程序是把问题求解的知识隐含地编写在程序中，而专家系统则将求解应用领域问题的知识单独分开成组成知识库。而知识库的处理是通过独立于知识库的、易识别的控制策略来进行的。整个系统的工作就是从知识库出发，通过控制推理，得到所需的结论。专家系统在环境控制下进行推理，比一般传统的应用程序系统更及时、更灵活地反映环境的变化。矿渣微晶玻璃在设计过程中具有大量不确定因素和不确定的信息，这是一般的应用程序或计算机辅助设计程序难以处理的。而专家系统却能够根据所获得的不完整知识或不确切的信息，像人类专家一样根据积累的经验和掌握的知识，通过分析、推理来得出最佳的结论，它比传统程序具有更高的智能水平。

专家系统的主要特征是有一个巨大的知识库，存储着某个专门领域（如医学、化学、探矿、玻璃生产等）的知识，而系统的控制策略，通常表达为某种推理规则。综上所述，ES 的基本设计思想就是将知识和控制策略分开，形成一个知识库。ES 在控制推理策略的导引下，利用存储起来的知识分析和处理问题。这样，在解决问题时，用户为系统提供一些已知数据，然后从系统中获得专家水平的结论。

2.1.4　专家系统的功能和结构[4,5]

专家系统应该具有的功能如下。

① 知识库　存储解决问题所需的专家知识。知识库可用于系统的知识元（即基本事实，过程规则，启发式规则），在知识库中储存的知识是一个专家系统的基础，它确立了一个专家系统能够发挥专家作用的能力。通常，知识是以事实和规则方式存放的，但是，也有许多用来存放信息的特殊结构，而且这种知识表达方式的设计影响到推理机的设计、知识更新过程、解释过程和系统的总体效率。知识表达方式的选择是专家系统设计最关键的决策之一。

② 综合数据库　存储具体领域内的初始数据和推理过程中所涉及的各种信息，如中间信息、目标、子目标、条件、假设等。

③ 推理机　根据当前输入的数据，利用已有的知识，按照一定的推理策略，去解决当前问题，并能控制、协调整个系统。

推理机就是从知识库中找出知识，并推出新知识的软件系统，它的推理过程是用于推得所要求知识的一种搜索策略。虽然用于专家系统的推理过程有很多不同的范例，但是其中大多数是基于以下两个概念中的一个：反向链接，这是一个自上而下的推理过程，即由所要求的目标开始，向后推理至所要求的条件；正向链接，这是一个自下而上的推理过程，即由所知道的条件出发，向前推理至所要求的目标。

④ 解释系统　能对推理过程、结论和系统自身做出必要的解释，如系统的解题步骤，推理策略，选择处理方法的理由，系统求解某问题的能力，系统如何组织和管理其自身知识等。这样既便于用户的理解和接受，同时也便于系统的维护。

典型的解释程序包括推理过程步骤的识别以及对每一步骤合理性的解释。实质上，提供这种信息交换的能力，就是用自然语言处理问题的子问题。同时，解释系统还必须按照知识的表示结构来存取处理过程中用到的知识记录，并把它们转换为用户乐于接受的形式。

⑤ 知识获取系统　提供知识获取、机器学习、修改、扩充和完善等其他维护手段。只有这样，才能使专家系统不断走向成熟和完善。

知识获取的过程又称为知识工程，即获取特定的领域知识并将它送到知识库中去。虽然知识可以由一系列信息源（所包含的文件和所存在的计算机信息系统）获得，但其中的大多数还是必须由人类专家提供。一般情况下，由专家所提供的知识是面向所讨论问题的领域的。一个知识工程师（KE），其任务就是从领域专家处获取知识并将它传送到知识库中去。因为专家系统要求根据系统的知识表示习惯将知识存放到知识库中去，所以知识工程师还必须将知识表示方法的转换作为其传送过程的一部分。为了获得必要的知识，知识工程师首先必须对有关领域有一个总体了解，在自己的头脑中形成一个有关领域的专门词汇和术语的词典，并对一些关键概念有一个基本理解。其次，他们必须从专家提供的信息中提取出简明的知识。

在专家系统的开发过程中，最为困难的方面常常是其知识获取功能，这主要是由于知识获取过程往往要求领域专家和 KE 之间有广泛的人际交流。实际上，知识获取过程还并未真正达到了解，也并未很好地定义。如果将专家系统开发的本身看成一个专家领域的话，那么与知识获取过程有关的知识则可看成是启发式的。

⑥ 人机接口　即提供用户和系统进行交互的界面。通过人机接口可以接受用户提出的要求和给出的初始信息。也可以提供给用户系统推理的结果和对系统推理做出的解释。用户接口工具必须能够从用户那里接受信息，并应该将它翻译成系统其余部分能够接受的形式，或接受系统的信息并把它转换成用户能理解的形式。一种理想、方便的工具由自然语言处理系统构成，这种系统能接受并返回其形式基本上与人类专家所能接受或提供的形式相同的信息。但是，目前还没有任何一种系统能复现自然语言，不过也有几种结果已经引起人们的注目，这些结果是通过应用受限语言子集而得到的。专家系统的用户接口工具通常应该设计得能够识别用户的操作方式、用户专门知识的水平以及具体事务的自然特征。尽管自然语言对话还不完全可能，但是，因为人们试图想用专家系统代替人类的行为，因此，借助于该系统来进行对话应该是很自然的。

其中知识库和推理机是专家系统的两个基本功能。

专家系统的一般结构是基于规则的专家系统（Rule-Based Expert System）

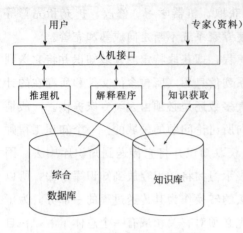

图 2-1 专家系统的一般结构

结构，它包括六部分：知识库、推理机、综合数据库、人机接口、解释程序和知识获取程序，如图 2-1 所示。

① 知识获取　知识获取过程可以看做是把用于问题求解的专业知识从知识源到知识库的转移过程。潜在的知识源包括专家、书本、文献以及人们的经验，这一过程通常是由知识工程师协助专家把某一特定领域的专家知识描述出来，再把它表示成计算机可以接受的形式，从而形成知识库。

② 知识库　用来存放专门知识的地方，是构成知识库的基础，也是推理机的工作对象。知识库的构建取决于领域所涉及的知识和合适的知识表达方法。常用的知识表达法有产生式规则、语义网络表达法、框架表达法、脚本表示法等。

③ 推理机　推理机就是合理利用知识库的方法，包括推理方法和控制策略两个部分。所谓推理是指依据一定的规则从已有的事实推出结论的过程，即根据一定的推理策略从知识库中选择有关知识，对用户提供的证据进行推理，直到得出相应的结论为止。推理的方法包括精确推理和不精确推理。专家系统由于领域知识的不完备和不确定性，使用的主要是不精确推理。常用的不精确推理方法有：确定性理论；主观 Bayes 法；可能性理论；证据理论等。

控制策略是指推理方向的控制及推理规则的选择策略，控制策略反映了问题求解的出发点和思路。现有的控制策略主要有：数据驱动控制（又称正向推理）、目标驱动控制（又称反向推理）和正反向混合推理。

④ 解释界面　解释界面是用户与系统进行交流的窗口。

2.1.5　建造专家系统的步骤[5,6]

通常建立一个专家系统，知识工程师最主要的工作就是和领域专家合作，获取该领域的专业知识，再进一步概括，形成概念并建立起各种关系或模型。接着将这些知识形式化，用合适的计算机语言实现知识组织和求解问题的推理机制，建成原型系统。最后通过测试评价，在此基础上进行改进以获得预期的效果。建造专家系统的步骤如图 2-2 所示。

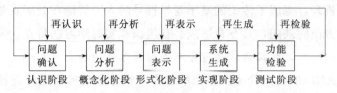

图 2-2　建造专家系统的步骤

① 认识阶段　主要是通过与专家的交流或阅读文献，明确任务、目标、资源，确定专家系统领域，了解问题的求解方法和经验等。明确问题的定义、表述问题的特征及其知识结构，以便于知识库的开发。

② 概念化阶段　进一步明确认识阶段提出的一些概念和关系，主要任务是通过对已明确的问题的分析建立问题求解的概念模型，将已有的知识条理化和系统化。

③ 形式化阶段　形式化阶段是把上一阶段孤立处理的概念、子问题及信息流特征等，用某种知识工程的工具将其形式化。主要任务是针对问题及其知识的关系特征选择合适的知识表达方法和求解方法，将上一阶段得到的概念化转化为知识的形式模型，为系统的生成做准备，这是建造专家系统过程中最关键和最困难的阶段。

④ 实现阶段　主要任务是选择适当的语言工具，对知识库、推理机、控制策略解释系统等各个部分进行具体的分析和编程，实现系统的功能。

⑤ 测试阶段　对所设计的系统进行全面的性能测试，检验各项功能的状况，做出分析和评价，并对改进的方向提出建议；根据测试的结果对问题进行再认识、再分析、再表示、再设计、再测试，直到检验满意为止。

2.2　人工神经网络及其特点[2]

人工神经网络（artificial neural networks，ANN）是一种模仿动物神经网络行为特征，进行分布式并行信息处理的算法数学模型。这种网络依靠系统的复杂程度，通过调整内部大量节点之间相互连接的关系，从而达到处理信息的目的。人工神经网络具有自学习和自适应的能力，可以通过预先提供的一批相互对应的输入-输出数据，分析掌握两者之间潜在的规律，最终根据这些规律，用新的输入数据来推算输出结果。由于人工神经网络是并行分布式系统，采用了与传统人工智能和信息处理技术完全不同的机理，克服了传统的基于逻辑符号的人工智能在处理直觉、非结构化信息方面的缺陷，具有自适应、自组织和实时学习的特点。

(1) 人工神经网络具有分布式储存信息的特点

ANN 的信息分布在整个系统中，即分布在神经元的连接权值中，这种存储方式，即使神经网络局部受损时，整个系统也不会产生重大的影响，因此仍具有能够恢复原来信息的优点。这是因为在神经网络中输入一个信息时，它要在已存储的信息中寻找一个与该输入匹配最好的信息作为它的解，它类似于人的联想记忆，人类根据联想记忆能从一张受到污损的图像中，正确识别图像的本来面貌，也就是说 ANN 具有很强的容错能力。

(2) ANN 对信息的处理及推理具有并行的特征

ANN 与人脑相似，不但结构上是并行的，它的处理顺序也是并行处理的和同时的。每个神经元都可以根据接收的信息做独立的运算和处理，然后将结果传送出去，它体现了一种并行处理。所以 ANN 可以大大提高信息的处理速度，能实现实时处理。

(3) ANN 对信息处理具有自组织、自学习的特点

ANN 中各神经网络之间连接强度用权值大小来表示，权值可以事先给出，也可以为适应环境而不断变化，这个过程称为神经元的自学习过程，网络通过训练（或者称为学习）自行调整权值。此外 ANN 还具有综合推理能力。综合推理是指具有正确响应和分辨从来没有见过的信息（或图形）的能力。

总之，ANN 是以对信息的分布存储和并行处理为基础，它具有自组织、自学习的功能，在许多方面更接近人类对信息处理的方法，具有模拟人类形象思维能力。

2.3 专家系统和神经网络的特点和相互结合

作为一个用来解决特定领域问题的人机系统，专家系统具有以下特点[3]。

① 不精确推理 系统能在不确定、不完备的领域知识条件下演绎推理。

② 知识获取和表达　系统可以从外部世界获取知识，也可以从内部演绎推理过程中机械地学习知识。知识的表达是显式的，易于理解和修改。

③ 结论解释　系统能够对问题的求解过程给出解释。

因此专家系统虽然缺乏完备的理论模型和精确的计算公式，但却有着丰富的求解经验，对某些领域特别适用。如医学等人类获得的知识远远落后于人类实践经验的领域内，利用专家系统可以将专家的知识形式化，即通过计算机程序将实践经验和事实组合起来对决策进行模拟和实验。如不断提到的矿渣微晶玻璃材料设计过程存在众多复杂的影响因素，还没有一个精确的理论模型作指导，但关于组成、工艺以及物化性能之间的经验知识却已经很多。因此，本书提出建立矿渣微晶玻璃材料设计专家系统，正是基于这种认识。

专家系统的研究与应用在取得重大进展的同时，其本身的问题和局限性也日益暴露出来，主要表现如下[7]。

① 知识获取的瓶颈　专家系统的知识靠专家的知识移植到计算机中，它是接受的、费时的、效率低的。在建造专家系统时，普遍存在着知识获取难这一难题。专家系统的知识来源于领域专家，为了将专家的知识总结归纳出来，通常由知识工程师向领域专家"求教"。在很多情况下，人们经常会遇到领域专家往往自己也很难把自己的知识讲清楚；一些专家在很多场合可能知道怎样去解决他所面对的问题，但是说不出为什么应当这样去解决问题，因为他们有时只能凭着经验或直觉去这样做。另外，不同的领域专家在解决同一问题时也可能采用不同的手段和方法，甚至是相互矛盾的；还有，有时专家解决问题的"知识"未必很好，甚至也可能有误。这样就给知识获取本身带来了困难。

② 智能水平低，缺乏灵活性　专家系统的知识存储是一一对应的，没有冗余性，因而也就失去了灵活性。目前的专家系统一般不具备学习能力和联想记忆功能，不能在运行过程中自我完善，发展和创新知识。系统的功能，决定于设计者的知识和能力。

③ 知识台阶窄，推理能力弱　知识的运用都有一定的使用范围，由于专家系统的专业领域相对比较窄，它所定义的问题及其处理问题的知识体系也有一定限度。对完全"匹配"的问题，专家系统能够以专家水平做出处理并给出可靠的解答；而对不完全"匹配"的问题，或者超出专家系统知识领域的问题，系统就可能给出不合适的甚至完全错误的答案。而专

家系统本身往往并不能判断什么时候或者什么情况下问题已经接近或者超出了它的边界。

④ 系统的复杂性和效率问题　目前在专家系统中广泛应用的知识表示形式有产生式规则、语义网络、谓词逻辑、框架和面向对象方法等，虽然它们各自以不同的结构和组织形式描述知识，但都是把知识转换成计算机可以存储的形式存入知识库的，推理时再依据一定的匹配算法及搜索策略到知识库中去寻找所需的知识。这种表示和处理方式一方面需要对知识进行合理的组织与管理；另一方面由于知识搜索是一个串行的计算过程，必须解决冲突等问题，这就产生了推理的复杂性、组合爆炸及无穷递归等问题，影响到系统的运行效率。

如上所述，专家系统在实际的应用中有较多的问题和困难，而神经网络模仿人脑神经元的功能，可以映射任意的函数关系，ANN 的优点是并行处理、容错能力强、具有自学习能力和抽取信息的能力等，这使神经网络在储存大量知识、识别和区分各种感知问题、完成符号和图像处理的记忆等方面具有独到的特性。目前在模式分类、图像处理等许多领域取得了成功的应用。

如前所述，人工神经网络是模拟人的大脑神经系统智能行为的一种信息处理系统。一个训练好的神经网络，权值就隐含了所获取的知识，相当于专家系统的知识库。利用神经网络的泛化能力，就可获得不同输入条件下的输出，相当于专家系统的推理机。因此，神经网络具备了专家系统的两个基本部分，相当于一个专家系统。基于神经网络的专家系统和基于符号的传统专家系统相比，有较大的差异。

(1) 知识表示的获取和推理方式不同

知识表示的获取及运用构成了专家系统工作的主要内容。传统专家系统的知识表示是一种基于符号规则的显示表示；而神经网络专家系统的知识却是基于网络自身的分布式连接机制的隐式表示，无论什么知识，神经网络专家系统都把它隐式地存储在网络的权值和阈值中。在知识获取上，传统专家系统需要知识工程师对专家的经验知识进行整理、总结和消化；神经网络专家系统只需要用专家解决问题的实例来训练神经网络，使得在相同条件下，神经网络的结论与专家的结论尽可能的相同。在推理方式上，传统专家系统采用演绎推理方式，而神经网络专家系统采用并行计算方式。

（2）开发、维护难度是不同的

传统专家系统的知识获取过程周期长、难度大、费用高，对系统的规则进行添加、删除或修改都比较麻烦；而神经网络专家系统的知识获取是基于样本的，其获取方便得多，且由于省去了处理例外和特例的大量规则，因而维护方便，当要扩展其功能，从实践不断总结学习时，只需在加入新样本后重新训练网络即可。

（3）系统的鲁棒性是不同的

传统的专家系统鲁棒性极差，一旦超出专家的知识范围，系统给出的结论就毫无意义；神经网络专家系统利用其泛化能力，对于样本之外的事例，仍能给出较为正确的结论。

上面的论述表明，神经网络专家系统较之传统专家系统有许多优点。例如它具有强大的学习能力，能从样例中学习，获取知识；易于实现并行运算，而且便于硬件上的实现，从而可大大提高速度；由于信息在网络中是分布表示的，因而它对带有噪声或缺损的输入信息有很强的适应能力。神经网络的这些长处正是传统专家系统所缺乏的。但是，与专家系统相比，它也有一些明显的缺陷。例如，神经网络的学习及问题求解具有"黑箱"特性，其工作不具有可解释性，人们无法知道神经网络得出的结论是如何得到的，而"解释"对于医疗、保险等许多应用领域来说都是必不可少的，这就限制了它的应用。另外，神经网络的学习周期较长，收敛速度慢，缺乏有效的追加学习能力，为了让一个已经训练好的网络再学习几个样例，常常需要对整个网络重新进行训练，浪费了许多时间。此外，神经网络的局限性还表现在：不适应于高精度计算，不能作顺序记数工作；网络连接模型表达复杂，训练时间较长等。更为重要的是，在开发神经网络专家系统中，如果样本的质量、数量存在问题，系统也不会很好地工作。比如，样本数过少时，人工神经网络无法提取正确的知识时就无法正常工作，而传统专家系统可能工作得更好。

由于神经网络和专家系统各自的特点，把两者结合起来为智能理论和技术的研究开辟了新的途径。神经网络和专家系统的结合使得专家系统在知识获取、并行处理、适应性学习、联想推理和容错能力等方面显示出明显的优越性。神经网络专家系统的知识获取不再完全依赖于知识工程师来整理、总结、消化领域专家的知识，只需要用领域专家解决问题的实例来训练神经网络即可。与传统专家系统相比，神经网络专家系统的知识获取具有自动、快速的特点，而且又能保证更高的质量。这样，原先在传统专家系统中成为瓶颈的知识获取问题在神经网络专家系统中就得到了比较好的解决。

当然，由于两者在结构、表示方式等多方面都不相同，要使其集成在一起需要解决许多理论及技术上的问题[8]。

根据集成时的侧重点不同，一般可把集成方式分为三种模式，即神经网络支持专家系统、专家系统支持神经网络及两者对等。

所谓神经网络支持专家系统是指，以传统的专家系统技术为主，辅以神经网络的有关技术。例如，知识获取是传统专家系统建造中的瓶颈问题。而学习恰是神经网络的主要特征，因而可把神经网络用于专家系统的知识获取，这样就可通过领域专家提供相应的事例由系统自动地获取知识，省去了知识工程师获取知识的手工过程。再如，在推理中可运用神经网络的并行推理技术以提高推理的效率等。

所谓专家系统支持神经网络是指，以神经网络的有关技术为核心，建立相应领域的专家系统，针对神经网络在解释等方面的不足，辅以传统专家系统的有关技术，这样建立的系统一般称为神经网络专家系统。

所谓神经网络与专家系统的对等模式是指，在求解复杂问题时，仅仅使用神经网络或传统专家系统可能都不足以解决问题，此时可把问题分解为若干个子问题，然后针对每个子问题的特点分别用神经网络及传统的专家系统进行解决。这就要求在一个系统中同时具有神经网络及传统的专家系统，在它们之间建立一种或松或紧密的联系。

把神经网络与传统专家系统集成起来是一件有相当难度的工作，尽管目前已有一些集成系统问世（例如新加坡航空公司的航空设备故障诊断系统等），但规模都还比较小，求解的问题也都还比较单一，进一步的应用还需要做更多的研究工作。

2.4 矿渣微晶玻璃材料设计专家系统的设计[9~14]

2.4.1 矿渣微晶玻璃专家系统的设计思路

模拟矿渣微晶玻璃材料设计专家开发新材料的思路，人们确定了专家系统进行材料设计的过程。

根据矿渣成分和设计要求，先对材料实例库进行查询，寻找相似度高的实例并根据规则选择其中最符合要求的材料设计实例。如果查询成功，系统以该设计实例为参考提供材料设计方案，然后将设计方案中的参数输入人工神经网络预测模型进行性能预测。如预测结果符合要求则输出设计方案，否则调整设计参数直到符合要求再输出设计方案。若查询不成功，则利用材料知识库中有关组成、工艺、结构及性能关系的理论及经验规则，通过推理给出初步的玻璃设计方案，再由预测模型进行预测，最后输出合适的设计方案。

2.4.2　矿渣微晶玻璃神经网络专家系统的特点

（1）多种思维方式的应用

由于矿渣微晶玻璃领域中影响因素众多，工艺过程复杂，因此在矿渣微晶玻璃专家系统建模中采用多种思维方式。

① 类比思维方式　类比是人类形象思维和逻辑思维的结合，材料设计专家的许多经验知识也是通过类比获得的。微晶玻璃设计过程的复杂性和理论知识的匮乏，突出了类比思维在微晶玻璃设计专家系统中的重要作用。类比思维方法主要体现在矿渣微晶玻璃材料设计中。

② 非线性的思维方式　材料设计方案不仅受到矿渣成分、矿渣特点、工艺条件等因素的影响，而且设计方案各设计参数之间是相互影响和相互制约的。因此，在实际工作中把影响某一个参数的所有制约前提都表示出来再确定设计参数是不可能的，该参数的值并不能明确无误地被唯一确定，而是要做合理的试探和随时放弃不可行的设计的。非线性思维方法主要体现在规则的冲突消解策略中。

（2）专家系统和神经网络的结合

专家系统和神经网络各有特点。专家系统的知识以规则的形式表达，明确易懂，既利于添加修改，又便于对系统推理和决策过程做出解释，但知识获取困难；神经网络只要用专家提供的实例训练网络，就可以利用网络权值的方式学习和抽取专家知识，减少了对专家的依赖，但其知识以隐式的方式表达，不便于用户对知识的理解。本研究尝试将两者结合，将易于用规则表达的知识形成规则，通过推理机调度使用，而不易表达的知识通过训练神经网络以网络块来表达，使两者有机结合，优势互补。

（3）专家系统与数据库管理系统的有机结合

矿渣微晶玻璃设计已经有很多成功的设计实例，这些实例数据存放在数据库中，它们是材料设计专家系统的类比设计和神经网络训练的数据基础，同时也为材料工作者日常工作提供了详细的数据资料。专家系统运行时要从数据库中实时提取和储存数据，因此必须做到专家系统和数据库管理系统的无缝集成。

2.5 专家系统功能模块划分

材料设计专家系统包括了以下几个子系统，如图 2-3 所示。

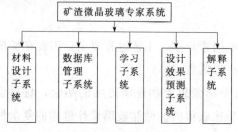

图 2-3 矿渣微晶玻璃专家系统的系统划分

2.5.1 材料设计子系统

矿渣微晶玻璃材料设计是矿渣微晶玻璃专家系统的主要功能之一，对于特定的矿渣，将其组分含量输入专家系统，通过系统建立的知识库完成从初步到最优设计，该子系统包括了几个功能模块。

① 主控模块 该模块为系统控制模块，完成任务的分解与转移，在较高层次上向用户提供操作选择，在系统界面中实际上表现为一个菜单项。

② 人机交互模块 该模块是用户与系统进行信息交流的主要通道。一方面用户在此向系统提供设计的初始条件和要求，回答系统的提问，做出选择等；另一方面系统运行的结果和对运行过程的解释也在此反映给用户，实现了用户和系统的双向交流。为方便操作和便于系统理解，这里的输入输出都按固定的格式进行。

③ 类比设计模块 类比设计是材料设计最重要的方法之一，通过建立起来的材料实例库，将设计条件和已有的设计实例相类比，选择相似度和设计效果综合满意度最好的设计实例为参考实例，取其设计参数并由用户做适当的修正后作为初步设计参数。随后传递给神经网络效果预测模型和参数修正模块来获得满意的设计参数。

④ 经验设计模块 经验设计是根据材料知识库中存放的专家知识和经验规则来指导设计。设计的一般思路是：根据矿渣的主要成分确定相应的玻璃系统和可能形成的主晶相，再由玻璃系统和主晶相对应的大致组成

范围确定组成参数，最后由预测模型进行设计效果预测，并不断调整各种参数直到达到满意的设计效果。

2.5.2　数据库管理系统

专家系统实际上就是在已知信息的基础上，利用知识解决领域问题的系统，因而开发一个成功的专家系统必须确定准确的信息描述方式和建立有效的数据库。矿渣微晶玻璃专家系统就是根据矿渣微晶玻璃的理论知识和经验知识来解决矿渣微晶玻璃材料设计和优化的软件系统。数据库系统作为专家系统的重要组成部分，其数据的积累和数据结构的合理性是整个系统是否能够有效运行的基础。人们在开发矿渣微晶玻璃材料设计专家系统的过程中，收集了大量的设计实例，并在此基础上建立了功能完善的数据库系统。数据库包括以下几个部分，如图 2-4 所示。

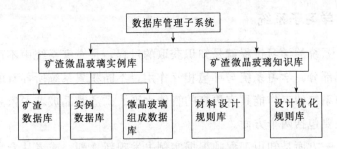

图 2-4　数据库系统的构成

① 矿渣微晶玻璃实例库　收集了大量的各种文献发表的矿渣微晶玻璃设计实例，它是矿渣微晶玻璃的设计信息的汇集处，也是统计分析、类比设计、经验设计和神经网络训练数据的信息源。包括了以下几个库。

矿渣数据库：记录了大量矿渣微晶玻璃实例使用过的各种矿渣的产地、特性、组成等，并完成对该库的各种维护操作，是根据用户输入的矿渣成分进行类比设计的基础。

实例数据库：收录了各种文献介绍的设计实例。一个矿渣微晶玻璃设计实例的数据繁多，结构复杂，在实例库中实际上只包含了实例的基本工艺参数和性能。其矿渣和基础玻璃组成（或组成范围）分别放在矿渣数据库和组成数据库中。它们之间通过一个明细表来联系在一起，便于管理、查询和系统推理调用。

微晶玻璃组成数据库：收集了大量的矿渣微晶玻璃实例的基础玻璃组

成，为用户进行材料设计提供参考数据。组成数据库中包含有矿渣微晶玻璃组成范围数据库，它是进行经验设计的基础。

② 矿渣微晶玻璃知识库　主要是包含了系统控制和推理所需要的规则，包括材料设计规则库和优化设计规则库，其功能如下。

材料设计规则库：将矿渣微晶玻璃材料设计的理论和经验知识总结归纳成产生式规则的形式存放在数据库中，通过专家系统和数据库系统的无缝集成，可以由推理机快速准确地调用。

设计优化规则库：在实际生产中，对于没能获得较好设计效果的设计方案，常根据一定的经验来进行调整。设计优化规则库就是将这些经验知识总结成产生式规则的形式储存在知识库中。对于系统没能获得较好预测效果的参数，根据此规则库中的规则对主导参数进行调整，使调整后的设计效果得到一定的改善。

2.5.3　学习子系统

系统的学习过程就是知识获取的过程，是专家系统中不可缺少的一个组成部分。学习系统与环境相互作用，不断积累系统所拥有的知识，目的是使系统的工作能具有更高的智能水平。矿渣微晶玻璃专家系统的学习过程主要包括两个方面。

一方面是知识工程师根据实例去发现新规则，或者从专家那里接受新规则，并通过数据库管理系统添加到知识库中去。这里的知识是显示的，以利于验证、修改和解释。

另一方面是利用人工神经网络的自学习和抽取信息的能力，用一定量的实例训练网络，使网络获得有关矿渣微晶玻璃组成、结构和性能之间的隐式知识。该模块主要用于设计效果预测模型的建立。

2.5.4　设计效果预测子系统

预测是检验设计方案是否可行的有效手段，可以有效地减少实验验证的次数。由前所述，由于矿渣微晶玻璃设计的模糊性，使微晶玻璃的开发过程中包含了大量的非确定性因素，把这些非确定性因素与材料设计效果之间的内在关系用明确的数学公式表示出来是十分困难的。而人工神经网络可以通过大量数据来揭示设计参数和设计效果之间的内在规律性。

矿渣微晶玻璃的设计是个多输入多输出问题，而且矿渣的组成有一定波动性．神经网络模型不但可以处理多输入多输出问题，而且对输入条件的波动性具有良好的适应能力，在输入效果有噪声的情况下仍能反映输入和输出之间的规律。由此可见，利用人工神经网络建立矿渣微晶玻璃神经网络专家系统设计效果模型是可行的、适合的。在系统建立初期，由于用于训练的模式较少，预测精度可能不高，随着系统的运行，数据的积累，网络将不断调整，实现知识的更新。

2.5.5　解释子系统

解释功能是专家系统的重要特征，该系统向用户提供系统运行和所得结论的动态跟踪说明，告诉用户结果是如何得到的，采用了哪些规则等，使系统具有透明性。

2.6　小结

矿渣微晶玻璃专家系统除了具有一般专家系统的思维特征外，还具有明显的设计型专家系统的思维特征，因此，矿渣微晶玻璃专家系统将是集实例库、知识库及各种设计、推理、预测、优化、解释功能于一体的耦合系统。本章在介绍专家系统基本原理的基础上，提出了矿渣微晶玻璃神经网络专家系统的系统逻辑结构与功能组成，这将是系统开发的主要依据。

参　考　文　献

[1]　何新贵. 知识处理与专家系统. 北京：国防工业出版社，1990：453.

[2]　赵林明，胡浩云，魏德华等. 多层前向人工神经网络. 郑州：黄河水利出版社，1999：1-3.

[3]　施鸿宝，王秋荷. 专家系统. 西安：西安交通大学出版社，1990.

[4]　张全寿，周建峰. 专家系统建造原理及方法. 北京：中国铁道出版社，1992：6-12.

[5]　林尧瑞，张钹，石纯一. 专家系统原理与实践. 北京：清华大学出版社，1987：156-163.

[6]　Frederick Hays-Roth. 建造专家系统. 成都：四川科技出版社，1986：85-95.

[7]　冯定. 神经网络专家系统. 北京：科学出版社，2006.

[8]　蔡瑞英，李长河. 人工智能. 武汉：武汉理工大学出版社，2003.

[9]　Wen Q Y, Zhang H W, Zhang P X, Jiang X D. Improved artificial neural network for data analysis and property prediction in slag glass-ceramic. Journal of American Ceramic Society. 2005，88（7）：1765-1769.

[10] Wen Q Y, Zhang H W, Yang Q H, Zhang P X. A virtual sample technology based artificial-neural-network for a complex data analysis in a glass-ceramic system. Journal of Ceramic Processing Research, 2008, 9 (4): 393-397.

[11] Sun Hong-Yuan, Wen Qi-Ye, Zhang Pei-Xin, et al. Model of artificial network for complex data analysis in slag glass ceramic. Zeitschrift Fur, 2004, 95 (2): 1-5.

[12] 张培新, 文岐业, 刘剑洪等. 矿渣微晶薄膜专家系统的开发. 计算机与应用化学, 2006, 23 (8): 786-788.

[13] 张培新, 文岐业, 刘剑洪等. 矿渣微晶薄膜专家系统数据库的构建. 计算机与应用化学, 2004, 21 (6): 887-890.

[14] 张培新, 文岐业, 刘剑洪等. 矿渣微晶薄膜神经网络专家系统的应用. 计算机与应用化学, 2004, 21 (4): 777-780.

第3章
数据库管理系统

3.1　引言

专家系统是包含有大量专门知识和经验的程序系统，应用人工智能（artificial intelligence，AI）技术，根据一位或多位专家提供的知识和经验，建立数据库、知识库、推理机和解释部分进行推理、判断和解释等，模拟专家做决定的过程来解决那些需要专家解决的复杂问题[1]。专家系统实际上就是在已知信息的基础上，利用知识解决领域问题的系统，因而开发一个成功的专家系统必须确定准确的信息描述方式和建立有效的数据库[2]。矿渣微晶玻璃专家系统就是根据矿渣微晶玻璃的理论知识和经验知识来解决矿渣微晶玻璃材料设计和优化的软件系统。数据库系统作为专家系统的重要组成部分，其数据结构的合理性和数据的可靠性是整个系统是否能够稳定、有效运行的基础。本研究在开发矿渣微晶玻璃材料设计专家系统的过程中，收集了大量的设计实例，并在此基础上建立了功能完善的数据库系统。

3.2　知识的表示方法

3.2.1　知识及其表示[3]

知识是智能活动的基础。如果把人类所有认识到的、以某种形式表达出来的东西称为信息的话，那么知识可以被认为是信息经过加工整理、解释、挑选和改造而形成的，对客观世界规律性的认识。

知识的描述方式很多，如可用 $K=F+R+C$ 模式表达，其中 K 表示知识项（knowledge items）；F 表示事实（facts）；R 表示规则（rules）；C 表示概念（concepts）。一般也可以用知识的三维空间来定量描述，如图 3-1 所示，知识的三维空间包括知识的范围、知识的目的以及知识的有

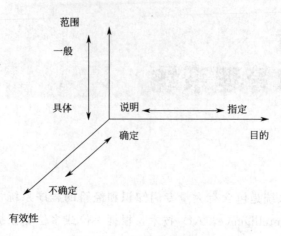

图 3-1　三维空间描述知识

效性。范围由具体到一般，目的从说明到指点，有效性从确定到不确定。

如何把诸如知识的三维空间描述以及事实、规则的描述用计算机所能接受的形式表达出来是建立知识库的首要条件，通常知识的表示方法有：

① 谓词逻辑表示法；

② 产生式表示法；

③ 语义网络表示法；

④ 框架表示法；

⑤ 面向对象表示法。

这些方法既可以表述陈述性知识，也可以表示过程性知识。在矿渣微晶玻璃专家系统中主要采用了广泛使用的产生式规则表示法和刚刚发展起来的神经网络表示法。

3.2.2　产生式规则表示法

产生式表示法又称为产生式规则表示法，它是美国数学家 Post 在 1943 年提出的。他认为任何数学或者逻辑系统都可以简化为一系列规则，在规则中指定如何把一个符号串变成另一个符号串，即给定一个输入符号串通过产生式规则可以产生一个新的串，而不管其串的物理意义。Post 的产生式系统对于符号变换是有用的，但由于缺乏控制策略，不适合开发实际应用系统。1972 年，Newell 和 Simon 在研究人类的认识模型后，重新提出了产生式系统，作为人类心理活动中信息加工过程研究的基础，并用它来建立人类问题求解行为的模型。目前它已经成为人工智能中应用最多的一种知识表示模式。

产生式规则（production rule）表示的是一个具有如下形式的语句：

IF（condition is satisfied）THEN（conclusion or action）

运用产生式规则的一个基本思想是从初始的事实出发，用模式匹配技术寻找合适的规则，如果代入已知的事实后使某规则的前提条件满足，则这个规则被激活，从而推出新的事实，如此向下推，直到得出结论为止，其执行过程如图 3-2 所示。

把一组产生式放在一起，并让它们相互配合，协同作用；一个产生式生成的结论可以供另一个产生式作为已经事实使用，以求得问题的解决，这样的系统称为产生式系统。一个产生式系统一般由三个基本部分组成：规则集、数据库和控制器。

图 3-2　产生式规则的执行过程

（1）规则集

用于描述相应领域内知识的产生式集合为规则集。规则集是产生式系统进行问题求解的基础，其中的知识是否完整、一致，表达是否准确，对知识的组织是否合理等，不仅将直接影响到系统的性能，而且还会影响到系统的运行效率。因此对规则集的设计与组织应予以足够的重视。一般来说，在建立规则集时应该注意以下问题。

① 有效地表达领域内的过程性知识　规则集中存放的主要是过程性知识，用于实现对问题的求解。为了使系统具有较强的问题求解能力，除了需要获得足够的知识外，还需要对知识进行有效的表达。为此，需要解决如下一些问题：如何把领域中的知识表达出来，即为了求解领域内的各种问题需要建立哪些产生式规则？对知识中的不确定性如何表示？规则集建成后能否对领域内的不同求解问题分别形成相应的推理链，即规则集中的知识是否具有完整性？

② 对知识进行合理的组织和管理　对规则集中的知识进行适当的组织，采用合理的结构形式，可使推理避免访问那些与当前问题求解无关的知识，从而提高问题求解的效率。

（2）数据库

数据库又称为综合数据库或全局数据库，也被称为事实库、黑板、上下文等。数据库用于存放问题求解过程中各种当前信息，例如问题的初始事实、原始证据、推理中得到的中间结论。当规则集中某一条产生式的前提可与数据库中的某些已知事实相关联时，该产生式就被激活，并把该产生式得出的结论存入数据库中，作为其后关联的已知事实。可见，数据库的内容随着关联的进行是在不断变化的。

（3）控制器

控制器又称为解释器，它控制系统的运行和关联过程，包括规则扫描的起点和顺序，规则前提与实例集中事实的模式关联，实例集的状态更新，终止条件的判定等。

产生式表示法主要有以下优点。

① 自然性　产生式表示法用"如果……则……"的形式表示知识，这是人们常用的一种表达事物因果关系的知识表示形式，既直观、自然，又便于进行推理。正因为这一原因，使得产生式表示法成为人工智能中最重要且应用最多的一种知识表示模式。

② 模块性　产生式是规则集中最基本的知识单元，规则集与推理机相对独立，而且每条规则都具有相同的形式，这就便于对规则集进行模块化处理，为知识的增、删、改带来方便。

③ 有效性　产生式表示法既可以表示确定性知识，又可以表示不确定性知识；既有利于表示启发式知识，又可方便地表示过程性知识；既可以表示领域知识，又可以表示元知识。因此，产生式表示法可以把专家系统中需要的多方面知识用统一的知识模式有效地表示出来。

④ 清晰性　产生式表示法有固定的格式，每一条产生式规则都由前提与结论（操作）两部分组成。产生式规则具有所谓的自含性，即一条产生式规则仅仅描述该规则的前提与结论之间的静态的因果关系，且所含的知识量都比较少。这就便于对规则进行设计和保证规则的正确性，同时，也便于在知识获取时对规则集进行知识的一致性和完整性检测。

产生式表示法也有以下不足之处。

① 效率不高　在产生式系统问题求解过程中，首先要从规则集中选出可与数据库当前状态匹配的可用规则，若可用规则不止一个，就需要按某种冲突消解策略从中选出一条规则来执行。因此，产生式系统求解问题的过程是一个"匹配-冲突消解-执行"反复进行的过程。由于规则集一般规模较大，拥有的规则条数较多，而规则匹配又是一件十分费时的工作，

因此产生式系统的工作效率是不高的。另外，在求解复杂问题时容易引起组合爆炸使得系统失效。

② 不能表达具有结构性的知识　产生式适合于表达具有因果关系的过程性知识，但对具有结构关系的知识却无能为力，它不能把具有结构关系的事务之间的结构联系表示出来。因此，产生式除了可以独立作为一种知识表达模式外，还常与其他可表示知识的结构关系的表示法结合起来使用，如框架表示法。因为框架表示法最突出的特点就是它善于表示结构性的知识，能够把知识的内部结构关系及知识之间的联系表示出来，因此它是一种经过组织的、结构化的知识表示方法。可以把框架表示法与产生式表示法结合起来使用，以取得互补的效果。

由于矿渣微晶玻璃设计过程比较复杂，因此把其设计过程分为几个步骤来进行，每个步骤在这里叫做上下文。矿渣微晶玻璃专家系统中一条产生式规则具有如下形式：

〈上下文〉〈规则号〉〈事实 1〉〈事实 2〉……〈事实 5〉〈结论〉〈CF〉〈规则说明〉〈规则来源〉

上下文：在遇到一个新的设计问题时，系统主控制模块将该问题分成几个子问题，当系统推理落到某个子问题的范围内时，系统便从该子问题所包含的规则中选取规则，而别的子问题所包含的规则不再考虑。这样，当随着系统的不断使用和完善，规则越来越多时，可以有效提高规则匹配速度，提高系统的推理效率。系统将矿渣微晶玻璃设计问题分为：玻璃系统选择、晶核剂选择、成型方法选择、主晶相选择、玻璃组成范围选择等，它们在一条规则中叫做上下文。

规则号：每条规则都有一个唯一的数字标识，便于规则的查找、索引及调用。

事实：一些简单的逻辑型断言或陈述性语句，如："SiO_2 含量较高"，"$CaO\text{-}Al_2O_3\text{-}SiO_2$ 系统"等。各个事实之间以逻辑"与"的关系连接起来，成为一条产生式规则的前提部分。

结论：当规则的前提部分被满足时，就可以得到规则的结论。如果结论是人们需要的最终结果，系统推理即告结束，否则，这些结论作为新的事实参加下一步的推理，直到得出最终结果或者规则库中的规则用完为止。

CF：置信度，表示当该规则的前提部分得到满足时，得出其结论部分的可信程度。置信度一般是由专家提供的。当有多条规则同时被激活时，用户可以依据置信度来决定使用哪一条规则。

规则说明：规则的自然语言描述，也是给用户对结论进行咨询时提供的解释。

规则来源：指出了规则是从哪一个文献总结出来的或由哪一位专家提供的，便于用户在对规则提出质疑或进行修改时进行查证。

典型的规则如：

（上下文）玻璃系统选择｜（规则号）39｜（事实1）CaO 含量高｜（事实2）Al_2O_3 含量高｜（事实3）MgO 含量低｜（结论）玻璃系统 CaO-Al_2O_3-SiO_2｜（CF）0.7｜（规则说明）如果矿渣中 CaO 含量高、Al_2O_3 含量高而 MgO 含量低，则选择 CaO-Al_2O_3-SiO_2 系统；为了充分利用矿渣中的成分，应根据矿渣的主要成分确定玻璃系统。｜（来源）张培新，林荣毅，阎加强. 赤泥微晶玻璃的研究. 有色金属，2000，52（4）：77-79。

（上下文）微晶玻璃成分选择｜（规则号）5｜（事实1）玻璃系统 CaO-Al_2O_3-SiO_2｜（事实2）硅灰石｜（事实3）浇注成型法｜（结论）玻璃范围-5｜（CF）0.8｜（规则说明）如果是 CaO-Al_2O_3-SiO_2 系统，以硅灰石为主晶相，采用浇注成型法，则可以选用玻璃范围-5｜（来源）原国家建委建材科学研究院技术情报所. 国外矿渣微晶玻璃资料汇编（第1集）. 1973，133-136。

在一个推理网络中可以有多个层次，每个因素都是网络中的一个节点，这里把由其他规则所产生的中间结论和问题推理所需要的最初证据都称为节点，推理网络与节点的关系如图3-3所示。

A_1：CaO 含量高。

A_2：Al_2O_3 含量高。

A_3：MgO 含量低。

B_1：玻璃系统 CaO-Al_2O_3-SiO_2。

B_2：硅灰石。

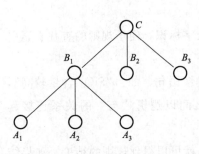

图 3-3　推理网络与节点

B_3：浇注成型法。

C：玻璃范围-5。

3.2.3　神经网络表示法

由产生式系统生成的规则可以观察并直接修改和增减，因而可以称其为显式表达法；神经网络表达法同上述几种方法相比，则可以视为隐式表达法，它所获得的知识是分布在一系列的网络节点的连接权值上的，在表面上无法看出其规律所在，但通过这些权值的连接运算，可以映射出其中的规律性。

神经网络具有自学习、非线性和分布式的特征，所以对建立矿渣微晶玻璃设计效果预测模型以及模糊概念的描述式非常适宜。有关神经网络的表达方法和网络模型的建立将在第 4 章详细阐述。

3.3　数据库的构建

3.3.1　数据库的构建工具和数据收集

矿渣微晶玻璃专家系统由 Visual Basic 6.0 开发，为了实现专家系统和数据库系统的无缝集成，采用 SQL Server 2000 建立矿渣微晶玻璃数据库。SQL Server 2000 是一种基于客户机/服务器模式的关系数据库管理系统，它采用 Transact-SQL 在客户机和服务器之间传递信息，扮演着后端数据库的角色，是数据的汇总与管理中心。数据库系统包含一个矿渣微晶玻璃材料设计实例库和一个矿渣微晶玻璃规则库。

其中材料设计实例库中的数据来源于：①国内外近 50 年来各种公开发表的矿渣微晶玻璃的设计实例；②已经工业化应用的各种产品资料。材料规则库中的规则主要是在全面分析了矿渣微晶玻璃新材料研制过程的基础上，总结矿渣微晶玻璃设计的理论和实践经验，采用产生式规则表示法建立的一系列规则，作为系统推理的基础。

3.3.2　矿渣微晶玻璃实例库的数据结构

专家系统数据库的数据结构主要决定于专家系统所涉及的领域知识和系统进行推理的需要。矿渣微晶玻璃材料的设计过程如下：首先确定给定矿渣的组分，根据组分特征选择合适的玻璃系统，确定基础玻璃组成，设计玻璃的热处理制度，最后进行性能测试。因此一个矿渣微晶玻璃设计实例包括以下几个部分：①矿渣信息；②基础玻璃组成或组成范围；③设计参数信息；④产品物化性能指标。

矿渣微晶玻璃实例库包括 5 个表：矿渣微晶玻璃实例表；矿渣数据表；矿渣微晶玻璃典型组成表；矿渣微晶玻璃组成范围表；明细表。

① 矿渣微晶玻璃实例表 收录了各种文献介绍的设计实例。一个矿渣微晶玻璃设计实例的数据繁多，结构复杂，在实例库中实际上只包含了实例的基本工艺参数和性能。其矿渣和基础玻璃组成（或组成范围）分别放在矿渣数据库和组成数据库中。它们之间通过一个明细表来联系在一起，便于管理、查询和系统推理调用。其字段设计见表 3-2。

② 矿渣数据表 记录了大量矿渣微晶玻璃实例使用过的各种矿渣的产地、特性、组成等，并完成对该库的各种维护操作，是根据用户输入的矿渣成分进行类比设计的基础，其字段设计见表 3-1。

表 3-1 矿渣信息表

字段名	属 性	字段名	属 性
矿渣 ID	自动编号	〈组分名称 2〉①	单精度型
矿渣名称	文本	烧失量	单精度型
矿渣来源	文本	平均值	是/否
矿渣特征	文本	备注	文本
〈组分名称 1〉①	单精度型		

① 代表各个组分的名称如 SiO_2、Al_2O_3 等。

表 3-2 微晶玻璃实例表

字段名	属性	字段名	属性
产品 ID	自动编号	膨胀系数	数字
配料	文本	硬度	文本
玻璃系统	文本	抗压强度	数字
成型方法	文本	抗弯强度	数字
晶核剂	文本	耐酸性	数字
熔融制度	文本	耐碱性	数字
晶化制度	文本	其他信息	文本
主晶相	文本	资料来源	文本
体积密度	数字		

③ 矿渣微晶玻璃典型组成表和组成范围表 都用来记录基础玻璃的组成。由于不同的文献在介绍矿渣微晶玻璃基础组成时，有的给出了具体的组成，而有的为了技术上的需要只给出了一个大致的范围，为了数据形

式的统一，把这两种情况分别存放在不同的表中。它们是模式分类和进行经验设计的基础。

④ 明细表　矿渣微晶玻璃实例的结构比较复杂，比如同一种矿渣可以制备不同的矿渣微晶玻璃产品，而一种矿渣玻璃产品可能使用了多种矿渣，或者一种矿渣微晶玻璃可以由多个合适的基础玻璃组成。而根据关系型数据库的基本要求，各个表之间最好建立一对多的关系。因此把各种信息分别存放在如上所述的各个表中，然后以各个表的主关键字为字段，创建一个明细表将它们统一起来，这样，只要找到其中一项，就可以通过查询明细表将属于同一设计实例的所有相关信息找出来。

3.3.3　材料实例库的功能及其应用

数据库的一般操作包括数据增删记录、数据的浏览与修改、查询检索及其他一些处理（如对数据进行排序、筛选、统计计算等）。

矿渣微晶玻璃实例库中一条设计实例储存在多个表中，如果通过表来进行数据库的基本操作必然给用户造成很大的麻烦，而且整个数据库暴露在用户面前对数据的安全也是不利的，所以矿渣微晶玻璃数据库的一般操作全部通过窗体进行。如图 3-4 所示，窗体以矿渣微晶玻璃实例表为主体，其右上方有三个按钮，分别对应矿渣表、矿渣微晶玻璃典型组成表和组成范围表，点击相应的按钮可以弹出各个表的窗体，窗体中显示的记录

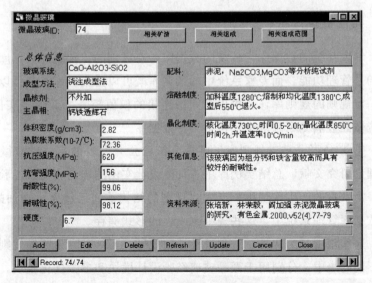

图 3-4　矿渣微晶玻璃实例库主窗体

是只与主窗体记录相关的记录，同样可以进行增、删、改等基本数据库操作，如图 3-5 所示显示相应矿渣信息。

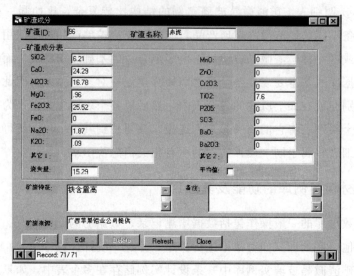

图 3-5　矿渣库窗体

此外，为了减少主窗体操作的复杂性，没有在窗体中设置查询检索等功能，而是在专家系统的数据库管理模块中封装了 Visual Basic 的、一个功能完善的数据库管理器 Visdata，通过这个管理器可以对数据库进行各种 SQL 基本操作。

3.3.4　其他数据库

专家系统的数据库与传统的数据库是有区别的。传统的数据库主要完成的是管理功能，而专家系统中的数据库既可以是数据库，又可以是表示成一定规则的规则库，还可以是网络连接的权值矩阵[4]。除了实例库外，矿渣微晶玻璃专家系统中还包括三种数据库。

① 矿渣微晶玻璃规则库　整理分析已公开发表的有关矿渣微晶玻璃的理论研究文献，总结实例库中各具体设计实例的理论和实践经验，归纳出一定数量的产生式规则。产生式规则的结构前面已经做了详细的说明。在数据库管理系统中，这些规则也以表的形式储存。

这些规则分为两类，一种是设计型规则，另一种是诊断型规则，存放在不同的表中，分别用于微晶玻璃经验设计模块和参数优化模块，两类规则的结构略有不同。同样为了数据安全和浏览方便的目的，它们的操作都是通过窗体进行的。如图 3-6 所示是记录的数据表，用来对规则进行快速浏览。如图 3-7 所示是记录的纵栏表，可以对规则进行增、删、改等基本操作，它们可以相互切换。

图 3-6 规则数据表窗体

图 3-7 规则纵栏表窗体

② 中间数据库 中间数据库并不储存静态的信息，它是系统进行推理的黑板系统，仅储存系统运行时产生的中间数据和中间结论，在系统运行结束后该数据库被置空。

③ 权值数据库 矿渣微晶玻璃专家系统中引入了人工神经网络

（ANN）作为知识获取和性能预测的工具。ANN 训练后获得的权值矩阵包含了矿渣微晶玻璃设计组成、结构、性能之间的隐式信息。这个权值矩阵以文本的形式储存在数据库系统中。

3.4 小结

本章系统地讨论了矿渣微晶玻璃专家系统数据库的构建过程，包括数据的采集、整理和筛选。以矿渣微晶玻璃实例库为重点介绍了数据库的数据结构，并简单地介绍了矿渣微晶玻璃专家系统中其他的数据库。

参 考 文 献

[1] 周忠益，姜中宏等. 人工智能在非晶态材料性能预测中的应用. 玻璃与搪瓷，1995，23（6）：18-22.

[2] 吕永文，李恒德. 新材料开发与材料设计. 材料导报，1993，7（3）：1-4.

[3] 张全寿，周建峰. 专家系统建造原理及方法. 北京：中国铁道出版社，1992.

[4] Michael S，Marti H. 专家数据库系统的未来方向. 计算机科学，1991，（2）：13-21.

第4章
矿渣微晶玻璃神经网络模型

人工神经网络（artificial neural networks，ANN）是一种模仿动物神经网络行为特征，进行分布式并行信息处理的数学模型。这种网络依靠系统的复杂程度，通过调整内部大量节点之间相互连接的关系，从而达到处理信息的目的。人工神经网络具有自学习和自适应的能力，可以通过预先提供的一批相互对应的输入-输出数据，分析掌握两者之间潜在的规律，最终根据这些规律，用新的输入数据来推算输出结果。由于人工神经网络是并行分布式系统，采用了与传统人工智能和信息处理技术完全不同的机理，克服了传统的基于逻辑符号的人工智能在处理直觉、非结构化信息方面的缺陷，具有自适应、自组织和实时学习的特点。因此，对于矿渣微晶玻璃的组成-结构-性能之间的复杂关系，利用人工神经网络进行训练、学习和提取隐藏的非线性规律，将对矿渣微晶玻璃的设计，制备和应用提供非常有益的信息，是传统人工智能方法的有利补充。本章将首先介绍人工神经网络的发展和基本概念，然后详述矿渣微晶玻璃的建立和验证，最后提出了一种新型的矿渣微晶玻璃人工神经网络的虚拟样本技术。

4.1 人工神经网络简介

4.1.1 人工神经网络的发展

1943 年，由心理学家 W. Mcculloch 和数理逻辑学家 W. Pitts 首次提出了人工神经网络模型，称为 MP 模型[1]。他们通过 MP 模型提出了神经元的形式化数学描述和网络结构方法，证明了单个神经元能执行逻辑功能，从而开创了人工神经网络研究的时代。在此之后，各国的专家学者相继对这一领域开展了各种研究，并取得了许多成果，其中比较著名的研究成果是 Frank Rosenblatt 发展了 MP 模型，给出了感知器（Rerceprton）模型（1957 年）以及两层感知器的收敛定理（1962 年），提出了引入隐层处理元的三层感知器这一重要的研究方向[2]。1969 年，美国的 Papert 教授和 Minsky 教授出版了《Perceptions》一书，对感知器的功能及其局限性从数学上做了深入的研究，提出了双层感知器的许多局限性[3]。他们的论点极大地影响了神经网络的研究，使相当多的人认为人工神经网络的研究前途渺茫。加之当时串行计算机和人工智能所取得的成就，掩盖了发展新型计算机和人工智能新途径的必要性和迫切性，使人工神经网络的研究处于低潮。在此期间，一些人工神经网络的研究者仍然致力于这一研究，提出了适应谐振理论（ART 网）、自组织映射、认知机网络，同时进行了神经网络数学理论的研究。以上研究为神经网络的研究和发展奠定了基础。

1982 年，神经网络的研究有了转折，物理学家 John Hopfieldt 提出了一个用于联想记忆和优化计算的 HNN 模型，克服了 Minsky 提出的局限性[4]，使人们对人工神经网络有了新的认识，一大批科学家又在这一领域开展了新的研究，推动了人工神经网络的发展。1985 年，又有学者提出了玻尔兹曼模型，在学习中采用统计热力学模拟退火技术，保证整个系统趋于全局稳定点。1986 年进行认知微观结构的研究，提出了并行分布处理的理论。现在，全球性的人工神经网络研究方兴未艾，神经网络理论已经渗透到各个领域，在计算机科学、脑神经科学、认知科学、心理学、微电子学、控制论、信息技术、数理学和力学等方面取得了令人鼓舞的研究成果。近十几年来，我国的科技工作者也开展了大量的有关人工神经网络的研究和应用工作。

4.1.2　神经网络的特征

神经网络由一群基本处理单元神经元，通过不同的连接模式所构成。神经元之间通过相互连接形成人工神经网络，相互连接的方式称为连接模式，处理单元之间连接效率的大小，称为连接强度，也称为连接权重。当网络的连接权矩阵确定后，网络的连接模式也就确定了，所以连接模式也叫网络的连接权矩阵。网络的学习和知识的更新是通过连接权矩阵的不断修改而进行的。

人工神经网络具有以下几个主要特征。

（1）人工神经网络具有分布式储存信息的特点

ANN 的信息分布在整个系统中，即分布在神经元的连接权值中，这种存储方式，即使神经网络局部受损时，整个系统也不会产生重大的影响，因此仍具有能够恢复原来信息的优点。这是因为在神经网络输入一个信息时，它要在已存储的信息中寻找一个与该输入匹配最好的信息作为它的解，它类似于人的联想记忆，人类根据联想记忆能从一张受到污损的图像中，正确识别图像的本来面貌，也就是说 ANN 具有很强的容错能力。

（2）ANN 对信息的处理及推理具有并行的特征

ANN 与人脑相似，不但结构上是并行的，它的处理顺序也是并行处理的和同时的。每个神经元都可以根据接收的信息做独立的运算和处理，然后将结果送出去，它体现了一种并行处理的。所以 ANN 可以大大提高信息的处理速度，能实现实时处理。

（3）ANN 对信息处理具有自组织自学习的特点

ANN 中各神经网络之间连接强度用权值大小来表示，权值可事先给出，也可以为适应环境而不断变化，这个过程称为神经元的自学习过程，网络通过训练（或者称为学习）自行调整权值。此外 ANN 还具有综合推理能力。综合推理是指具有正确响应和分辨从来没有见过的信息（或图形）的能力。

总之，ANN 是以对信息的分布存储和并行处理为基础，它具有自组织、自学习的功能，在许多方面更接近人类对信息处理的方法，具有模拟人类形象思维的能力。

4.2　人工神经网络的结构[5,6]

根据生物神经元的结构、作用机理，并作了进一步的简化，构成了神经元模型，即人工神经元，简称为神经元，其结构如图 4-1 所示。

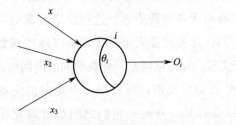
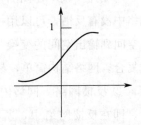

图 4-1　人工神经元模型　　　　　　　图 4-2　Sigmoid 函数图像

每一个神经元（如神经元 i）接受其他神经元（如神经元 j）信息传

递，总输入为

$$I_i = \sum_{j=1}^{n} w_{ij} x_j + \theta_i \tag{4-1}$$

式中，w_{ij} 表示神经元 i 和神经元 j 的结合强度，即连接权，它表示信号 x_j 对神经元 i 的作用强度，w_{ij} 越大，表示 x_j 对 i 的作用越大，w_{ij} 为正值表示 x_j 对 i 有激励作用，w_{ij} 为负值时表示 x_j 对 i 有抑制作用；θ_i 表示神经元 i 的阈值。

神经元的输出为

$$O_i = f(I_i) \tag{4-2}$$

O_i 为神经元 i 的输出；这里函数 $f(I_i)$ 称为激发函数，根据 $f(I_i)$ 的不同，将神经元模型分为不同的类型，如离散型、连续型、微分/差分型和概率型。其中应用最广泛的是连续型，在连续输出模型中采用的激发函数为连续函数，如多项式函数、三角函数、样条函数等，目前广为采用的是 Sigmoid 函数，简称为 S 函数，其函数图像如图 4-2 所示。即取神经元的输出为

$$O_i = \frac{1}{1+e^{-I_i}} \tag{4-3}$$

神经元中的输入、处理和输出三个函数统称为功能函数。利用这样的神经元可以构成不同拓扑结构的神经元网络。人工神经网络模型主要考虑网络连接的拓扑结构、神经元的特征、学习规则等。目前，已有近 40 种神经网络模型，其中有反传网络、感知器、自组织映射、Hopfield 网络、玻尔兹曼机、适应谐振理论等。根据连接的拓扑结构，神经网络模型可以分为以下几类。

① 前向网络　网络中各个神经元接受前一级的输入，并输出到下一级，网络中没有反馈，可以用一个有向无环路图表示。这种网络实现信号从输入空间到输出空间的变换，它的信息处理能力来自于简单非线性函数的多次复合。网络结构简单，易于实现。反传网络是一种典型的前向网络。

② 反馈网络　网络内神经元间有反馈，可以用一个无向的完备图表示。即在反馈网络中，所有结点都是一样的，它们之间都可以互相连接（一个结点既可以接受其他结点来的输入，同时也输出给其他结点）。这种神经网络的信息处理是状态的变换，可以用动力学系统理论处理，从理论上分析这类系统很复杂。系统的稳定性与联想记忆功能有密切关系。

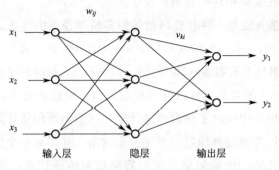

图 4-3　三层前馈人工神经网络

Hopfield 网络、玻尔兹曼机均属于这种类型。

其中最典型和用得最广泛的结构模型是前馈式网络模型，如图 4-3 所示，它由一个输出层、一个输入层和一个或多个隐含层组成，各单元采用全连接，即相邻两层的各个单元之间一一连接。书文神经网络建模采用的就是这种模型。

4.3　前馈神经网络及其学习算法

前馈神经网络由于具有理论上能逼近任意非线性连续映射的能力，因而非常适合非线性系统建模及构成自适应系统。神经网络从经验中学习知识的过程就是网络的训练过程，其步骤如下：

① 向网络提供训练例子，包括输入单元和期望的输出单元的数值；

② 确定网络的实际输出与期望输出之间的允许误差；

③ 改变网络中所有连接权值，使网络产生的输出更接近于期望输出，直到满足确定的允许误差。

用来训练神经网络的算法有很多，包括模拟退火、遗传算法、δ 学习算法、BP 学习算法、竞争学习算法和自组织映射学习算法等。结合不同网络结构和学习算法，构成了多种人工神经网络。本节主要介绍用于构建矿渣微晶玻璃神经网络预测模块的 BP 误差反向传播神经网络（BP 算法）。

4.3.1　BP 算法基本思想

反向传播算法（back propagation algorithm，BP）在理论上有很强的

数学基础，在实际中应用也最广泛。

反向传播算法是一种有教师指导的多层神经网络算法，先输入 p 个学习样本 x^1, x^2, $\cdots$, x^p 和教师信号 t^1, t^2, $\cdots$, t^p，其中 $x=[x^1,x^2,\cdots,x^n]^T$，学习算法是根据实际输出 y^1, y^2, $\cdots$, y^p 与理想（或叫期望）输出 t^1, t^2, $\cdots$, t^p 的误差来修改连接权和阈值，使误差变小。其中的每一个训练范例在网络中经过了两遍传递计算：一遍向前传播计算，从输入层开始，传递各层并经过处理后，产生一个输出，并得到一个该实际输出和所在期望输出之差的差错矢量；另一遍向反向传播计算，从输出层至输入层，利用差错矢量对权值进行逐层修改，使权值向减少误差的方向改变，经过多次重复训练使误差逐渐趋于零，最后与正确的结果相吻合。

4.3.2 网络的训练

前馈网络由输入、隐层和输出层组成，设 $x=[x^1,x^2,\cdots,x^m]^T$, $y=[y^1,y^2,\cdots,y^n]^T$，分别为网络的输入、输出向量，令 W 表示网络的所有权及阈值全体所形成的向量。则给定 n 组输入，输出训练样本 $\{u(p),t(p)|p=1,2,\cdots,n\}$，定义网络的误差指标函数为

$$E(W) = \frac{1}{2n}\sum_{p=1}^{n} E_p(W) \tag{4-4}$$

$$E_p(W) = \sum_{j=1}^{n} [y_j^{(p)} - t_j^{(p)}]^2 \tag{4-5}$$

然后就可以按各种学习算法开始对网络的权向量进行训练，求得最优权值 W_{opt}，使

$$E(W_{opt}) = \min_{W} E(W) \tag{4-6}$$

反传学习算法为前馈网络提供了切实可行的学习算法，它使前馈网络的应用成为可能。这种算法理论依据坚实，推理过程严谨，物理概念清晰和通用性好。但 BP 算法本身有缺陷，如学习过程收敛速度太慢，要迭代 $10^3 \sim 10^5$ 次才收敛甚至还不收敛；学习过程存在陷于局部极小点的可能，得到的网络性能差；样本学习逼近精度不高以及隐层节点个数选择尚无理论指导等。针对这些情况，神经网络研究者提出了很多改进算法，如具有惯性项的 BP 算法；共轭梯度法 FR；拟牛顿法；最小二乘学习算法等。它们具体的计算过程可以参考其他的文献。

在非线性优化理论中，变尺度法是为了克服牛顿法的缺点而提出的一

类优良算法，其基本思想是用一个对称正定矩阵来代替 $\nabla^2 E[W^{(k)}]$ 或 $\{\nabla^2 E[W^{(k)}]\}^{-1}$，从而希望在不必计算二阶偏导数和进行矩阵求逆运算的基础上，能产生类似牛顿法的二阶近似带来积极效果，变尺度法的迭代公式如下。

$$W^{(k+1)} = W^{(k)} - \eta^{(k)} H_k \nabla E[W^{(k)}] \tag{4-7}$$

式中，H_k 为修正矩阵。

常用的有 DFP 和 BFGS 修正公式，BFGS 修正公式为

$$H_{k+1} = H_k + \left(1 + \frac{r_k^T H_k r_k}{s_k^T r_k}\right)\frac{s_k s_k^T}{s_k^T r_k} - \frac{s_k r_k^T H_k + H_k r_k s_k^T}{s_k^T r_k} \tag{4-8}$$

式中，$s_k = W^{(k+1)} - W^{(k)}, r_k = \nabla E[W^{(k+1)}] - \nabla E[W^{(k)}]$

BFGS 法被认为是目前最好的无约束最优化方法，但是这种变尺度方法不能按通常 BP 算法中所采用的批处理或其他方案那样用于前馈网络的权学习中，否则会由于得不到正确的权改变量或梯度改变量而导致迭代矩阵非正定，造成整个网络算法失败。采用文献［7］介绍的一种基于变尺度方法的新学习算法。该算法提出一种"整体误差修正"方案，将变尺度法成功地引入前馈网络的学习中来，具体算法步骤如下：

① 给定权初值 $W^{(1)}$ 为 $-0.5 \sim 0.5$ 的随机数，取初始对称正定矩阵 H_1 为单位矩阵 I；

② 对 n 个样本输入，经前向传播获得对应网络输出，并求得整体误差 $E[W^{(1)}]$；

③ 对 $E[W^{(1)}]$ 经网络的反向传播，获得它关于权的梯度向量 $\nabla E[W^{(1)}]$，置 $k=1$；

④ 确定适当的学习速率 $\eta^{(k)}$；

⑤ 按式(4-7)修正权值；

⑥ 对权值 $W^{(k+1)}$，经网络的前向传播获得整体误差 $E[W^{(k+1)}]$；

⑦ 如果 $E[W^{(k+1)}]$ 达到预定的误差精度，则 $W^{(k+1)}$ 为最终权值，停止，否则转⑧；

⑧ 对整体误差 $E[W^{(k+1)}]$ 经网络的反向传播，获得它关于权的梯度向量 $\nabla E[W^{(k+1)}]$；

⑨ 按⑤或⑥计算 H_{k+1}，置 $k=k+1$，转④。

其中，④中 $\eta^{(k)}$ 的确定步骤如下：

a. 计算 $d_k = -H_k \nabla E[W^{(k)}]$，置 $\eta^{(k)} = 1$；

　　b. 如果 $E[W^{(k)}+\eta^{(k)}d_k]\leqslant E[W^{(k)}]+\beta_1\eta^{(k)}\nabla E[W^{(k)}]^T d_k$，则转③，否则置 $\eta(k)=\eta(k)/2$，重复执行 b；

　　c. 如果 $\nabla E[W^{(k)}+\eta^{(k)}d_k]^T d_k\geqslant\beta_2\nabla E[W^{(k)}]^T d_k$，则 $\eta^{(k)}$ 即为所求学习速率，否则置 $\eta(k)=3\eta(k)/2$，转 b。

　　其中参数 $\beta_1\in(0,1/2)$，$\beta_2\in(\beta_1,1)$ 适当选取，从条件 a 看到 d_k 为下降方向，条件 b、c 保证每步迭代时下降幅度不会太小。

　　如图 4-4 所示给出了整体误差修正方案的算法框架图。

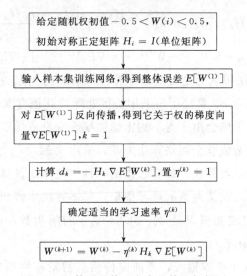

图 4-4　整体误差修正方案的算法框架图

4.4　矿渣微晶玻璃神经网络模型建立及其功能

　　按照 4.3 节的学习算法构造了矿渣微晶玻璃专家系统的神经网络预测模型，为了减少整个专家系统操作界面的复杂性，把这个模型做成一个单独的模块，并把它封装在专家系统中。

　　这个模型为三层神经元结构，具有以下一些功能。

　　(1) 网络结构的确定

　　输入节点数 M 取训练样本中输入向量的维数，隐层数由用户根据实际情况确定，默认值为 $2M+1$。输出节点数取 1，这是为了减少网络结构的复杂性，提高训练速度。训练样本从给定的数据网格中输入，并可以动态地调整训练样本的个数和样本的维数。

在网络训练开始时，需要向系统提供处于 $[-0.5, 0.5]$ 区间的初始权值。Visual Basic 中随机数的产生来自随机函数 RND（）。该函数产生 $[0，1]$ 区间的随机小数。一般取权值为

$$W^{(i)} = \text{RND}() - 0.5 \qquad (4\text{-}9)$$

但是由于 RND() 函数的性质，它每次产生的随机序列是不同的，即每次训练的初始权值可能是不相同的。这样，对一个收敛较快的训练样本集，不同次训练后的权值矩阵差异很大，预测结果也不相同，不便于对网络各种影响因素进行对比分析，也影响预测结果的可重复性。为此，引入了一个随机性质更好的序列数

$$x_{n+1} = 1 - 2x_n^2 \qquad (4\text{-}10)$$

取 $x_0 = 0.6$，当 $x_n \in [-0.2, 0.2]$ 时赋值给 $W(i)$，得到的初始权值处在 $[-0.2, 0.2]$ 区间，可以克服选用 RND() 函数获取随机数的不足。

（2）原始数据的标准化

建立的神经网络模型选用了 Sigmoid 函数作为网络中神经元的激发函数，为了有效地利用 S 函数的特征，以保证网络神经元的非线性作用，对收集的原始数据要进行标准化。在模块中提供了两种标准化方法。

① 常规标准化方法（归一化）　不失一般性，设样本数据为 $x_p(p=1, 2, \cdots, P)$，定义 $x_{\max} = \max\{x_p\}$，$x_{\min} = \min\{x_p\}$，则按照公式

$$\frac{x_p - x_{\min}}{x_{\max} - x_{\min}} \Rightarrow x_p \qquad (4\text{-}11)$$

将样本数据转换成 $[0,1]$ 区间的数据。

② 统计标准化方法　仍设样本数据为 $x_p(p=1, 2, \cdots, P)$，定义平均值 $\overline{x} = \dfrac{1}{P}\sum\limits_{p=1}^{P} x_p$，标准差 $\sigma = \sqrt{\dfrac{1}{P-1}\sum\limits_{p=1}^{P}(x_p - \overline{x})^2}$，则按照公式

$$\frac{x_p - \overline{x}}{\sigma} = x_p \qquad (4\text{-}12)$$

将样本数据转换成 0 附近或正或负的数据。

不仅要对网络的输入数据进行标准化处理，对网络的输出数据也要作类似于公式(4-11)的归一化处理，这样可以取较小的数作为网络的连接权 W，网络计算不会发生计算溢出的问题。

（3）训练精度和最大迭代次数的选择

训练精度和最大迭代次数都是确定网络训练何时终止的参数。训练精

度是指这样的一个很小的正数 ε，当每个样本的实际输出和教师值之差满足以下关系式时则停止学习，否则重新调整权值直到满足下式为止。

$$|t_i^{p_i} - y_i^{p_i}| < \varepsilon \qquad (4\text{-}13)$$

训练精度的合适选择对网络的性能具有重要的影响。若选得过大则网络尚未获得较好的学习效果即终止了学习，导致预测效果差。若选得过小，则需要较长的训练时间，而且也可能产生过拟合问题。在矿渣微晶玻璃专家系统神经网络中一般选择 0.001~0.0001 之间比较合适。

最大迭代次数是网络训练次数的上限值，有时网络长时间不能收敛或者不收敛，这时给定一个迭代次数上限，当迭代次数达到这个上限时即结束训练。这个值的选择根据具体的情况确定。

（4）网络的训练和检验预测

输入训练样本并设置好隐层节点数、标准化方法、训练精度、最大迭代次数等参数后，即可进行网络的训练，训练完成后可以查看训练结果，包括权值矩阵、所用时间、实际迭代次数和训练的误差分布。其中权值矩阵和误差分布保存在特殊格式（∗.ain）的文本中以便预测时调用及以后查看。

在用样本对网络进行预测时，一般预留部分样本以检验网络的预测性能。进行预测时，神经网络的拓扑结构和训练时的完全一样，预测的结果可以保存起来供查看或分析之用。当预测结果不理想时，可以返回训练阶段，通过调整各参数对网络进行重新训练，直到符合要求为止。

4.5 神经网络效果检验

为了检验神经网络模型的效果，选择了三个样本集来检验神经网络的训练和预测效果。第一个选自文献《主成分分析法用于化工过程人工神经网络建模》，称之为样本集 1[8,9]。第二个样本集则选自《国外矿渣微晶玻璃资料汇编（第 1 集）》，称为样本集 2[10]。第三个样本集选自《矿渣微晶玻璃的生产与应用（译文资料）下册》，称之为样本集 3[11]。

第一个样本集主要是对比本文建立的人工神经网络模型与其他神经网络的训练和预测效果；第二个样本集用来说明本文建立的人工神经网络抽取微晶玻璃组成和性能之间隐式关系的能力，并对神经网络的拓扑结构进行了探索；第三个样本集用来说明本文建立的人工神经网络抽取微晶玻璃组成和工艺参数之间关系的能力，并对网络的强壮性和确定合适的训练误差值做了研究。

4.5.1　样本集 1 的训练

文献［8］建立了间歇式硫酸盐法蒸煮过程纸浆硬度的人工神经网络模型，它用碱度、液比和 H-因子作为网络的输入因子。文献［9］对这批数据采用主成分分析法建立了新的神经网络模型，训练和预测效果得到改善。把这一批数据输入建立的 BFGS 神经网络中，其预测结果与文献［9］中的结果见表 4-1，其效果比较见表 4-2。

表 4-1　各种 ANN 模型预测结果与实测结果

实测值	40.80	40.70	38.00	35.10	40.50	34.70
文献[9]	41.01	42.36	36.94	34.28	41.36	33.20
本文	40.84	41.65	38.24	35.60	40.84	34.58

表 4-2　各种 ANN 模型训练和预测效果比较

项　　目	网络结构	迭代次数/次	训练用时/s	误差平方和
文献[9]	2-7-1	1046	—	7.65
本文	3-7-1	13	10	1.34

对以上三种网络的比较得知：文献［8］的 ANN 在训练过程中出现了收敛速度慢，甚至不收敛的情况，文献［9］的 ANN 学习效率有所改善，在达到相同测试误差时其收敛次数明显减少。而本书建立的模型在收敛的稳定性、收敛速度、学习效果等方面都有十分显著的提高，预测结果具有更高的准确性和有效性，可见这个模型是可行的、有效的。

4.5.2　样本集 2 的训练

采用高炉矿渣（组成见表 4-3）、光学用硅砂、氢氧化铝、碳酸钙和氧化镁为原料。添加 Na_2O 或 K_2O 的碳酸盐为玻璃熔剂，晶核剂采用 ZnS（闪锌矿）。制备 $CaO\text{-}MgO\text{-}Al_2O_3\text{-}SiO_2$ 系微晶玻璃。测试其热膨胀系数等性能。得到一批数据见表 4-4。

表 4-3　在 1000℃ 空气中煅烧高炉矿渣和闪锌矿的氧化物化学组成

单位：%

组成	化学成分									
	SiO_2	Al_2O_3	CaO	MgO	Mn_2O_3	Fe_2O_3	TiO_2	ZnO	灼减	S[①]
高炉矿渣	30.82	19.46	39.39	5.86	1.00	2.34	1.60	—	−0.72	1.01
闪锌矿	0.89	0.62	0.38	0.08	0.46	20.88	—	75.40	—	32.90

① 煅烧前 S 的组成。

表 4-4　玻璃配料组成及性能指标

玻璃	主要成分/%					少量成分%					热膨胀系数
	SiO_2	Al_2O_3	CaO	Na_2O	MgO	Mn_2O_3	Fe_2O_3	TiO_2	ZnO	S	
1	74.03	2.51	12.51	5.97	2.75	0.14	0.75	0.21	1.61	0.95	62.1
2	74.02	5.02	10.01	5.97	1.49	0.26	1.04	0.41	1.61	1.08	58.3
3	69.02	5.02	10.01	5.50	1.49	0.26	1.04	0.41	1.61	1.08	58.8
4	64.23	5.14	19.83	5.44	1.47	0.26	1.12	0.40	1.93	1.24	77.8
5	64.23	15.09	9.86	5.44	1.47	0.26	1.12	0.40	1.93	1.24	60.9
6	54.23	5.14	24.81	5.44	1.47	0.26	1.12	0.40	1.93	1.24	80.2
7	54.23	5.14	29.86	4.97	1.47	0.26	1.12	0.40	1.93	1.24	82.8
8	49.43	20.21	19.71	4.97	2.93	0.51	1.70	0.80	1.93	1.50	71.9
9	44.23	5.14	39.82	4.50	1.47	0.26	1.12	0.40	0.13	1.24	105.3
10	44.43	25.25	19.71	4.50	2.93	0.51	1.70	0.80	0.13	1.50	71.6
11	39.43	20.21	29.68	4.50	2.93	0.51	1.70	0.80	0.13	1.50	76.2
12	69.02	5.02	14.99	5.50	1.49	0.26	1.04	0.41	1.61	1.08	67.6
13	64.23	10.12	14.84	5.44	1.47	0.26	1.12	0.40	1.93	1.24	66.1
14	54.43	15.25	19.71	4.97	2.93	0.51	1.70	0.80	1.93	1.50	75.1

　　用前 11 组数据作为网络的训练样本，后三组数据作为检验样本。按以下三种方式进行训练：

　　① 选择样本中的主要成分为输入参数，输入节点数 5；

　　② 除了选择样本中的主要成分外，把少量成分之和也作为一个输入参数，输入节点 6；

　　③ 将主要成分和少量成分都作为输入参数，输入节点数 10。

　　采用统计标准化方法，其中网络输出值（教师值）在归一化到 [0，1] 区间后再采用如下公式将其约束在 [0.25，0.75] 之间。

$$\frac{t_p+0.5}{2}\Rightarrow t_p \qquad (4\text{-}14)$$

　　这是因为由于 Sigmoid 函数的特性，它在 0 和 1 附近时接近饱和，收敛很慢，而在 0.5 附近变化较剧烈。训练精度取 $\varepsilon=0.001$，最大迭代次数

500，得到的结果列于表 4-5。

表 4-5 矿渣微晶玻璃神经网络模型的训练结果

编号	网络结构	67.6	66.1	75.1	相对误差和①	数据统计
		预测值				
1	5-9-1	71.02	56.43	77.91	0.234	
2	5-10-1	72.93	59.13	81.68	0.272	平均值:0.2426
3	5-11-1	69.40	65.16	71.76	0.085	标准差:0.114
4	5-12-1	75.23	56.68	86.28	0.404	
5	5-13-1	74.92	69.32	70.26	0.221	
6	6-10-1	66.58	67.31	58.97	0.248	
7	6-11-1	67.89	65.61	74.4	0.021	
8	6-12-1	70.21	66.18	73.81	0.057	平均值:0.1242
9	6-13-1	69.13	67.47	71.04	0.097	标准差:0.08499
10	6-14-1	73.25	65.58	72.32	0.128	
11	6-15-1	66.57	67.94	63.80	0.194	
12	10-19-1	63.87	65.65	71.24	0.113	
13	10-20-1	63.67	65.27	69.94	0.139	
14	10-21-1	64.08	65.87	72.40	0.0915	平均值:0.1127
15	10-22-1	63.28	65.94	72.27	0.104	标准差:0.01752
16	10-23-1	63.59	65.08	71.97	0.116	

① 相对误差平方和是指：$\sum_{l=1}^{L} \frac{(y_l - t_l)}{t_l}$，式中 y_l 是预测值；t_l 是实测值；L 是预测样本数。

分析表 4-5，可以得出一些简单的结论。

① 网络是可靠和有效的：神经网络收敛速度快、效果好，以上所有训练过程的训练时间均不超过两分钟即可收敛，迭代次数不超过 100 次，尚没有碰到网络不收敛的情况。用第二种和第三种方法预测的结果是令人满意的，网络具有很好的可靠性和准确性。

② 当输入参数为 M 时，取中间层节点数为 $2M+1$ 一般是可行的，如表 4-5 中的 3、9、14，误差平方和均小于 0.1。在这个数附近作适当探索有可能得到更好的网络结构，如表 4-5 中的 7 和 8。

③ 训练后的网络能反映该玻璃系统组成、操作工艺和产品性能的内在关系。

在所做的三个对比训练中，第一种方式没有输入少量组分对网络进行训练，得到的网络其预测效果比较差，相对误差和大多在 0.2 以上。事实上，在矿渣微晶玻璃的实际生产中，Mn_2O_3、Fe_2O_3、TiO_2、ZnO、S 等都可以看作矿渣微晶玻璃的晶核剂，而人们知道，矿渣微晶玻璃的性能决定于玻璃包含的晶相的性质及其与玻璃相的相对比例。这样，晶核剂可以通过影响玻璃的成核晶化而强烈影响玻璃的性质。所以第一种方式正反映在研制新的矿渣微晶玻璃材料时如果不考虑添加晶核剂会出现的情况。

第二种方式是把组成中的少量组分作为一个量，可以看到，网络的预测结果随网络结构的不同而有很大的差异。效果好的其误差平方和可以达到 0.021，而差的仅为 0.248，标准差为 0.08499。这说明训练样本还没有较好地反映矿渣微晶玻璃组成和性能之间的关系，对不同网络训练后预测结果很不稳定。

第三种方式把主要组分和少量组分都输入网络进行训练，可以发现网络的预测效果比第一种方式的效果要好得多，同时比第二种方式也要好而且更稳定，无论如何改变网络结构，相对误差和均在 0.1 左右，标准差为 0.01752。事实上，在矿渣微晶玻璃的研制中，晶体成核和生长对晶核剂是有选择的，不同的晶核剂对不同的晶相形成起主要作用，如在样本集 2 中，ZnS 对该系统的晶化有较好的促进作用，而其他的成分作用很小，笼统地把所有的少量组分都作为晶核剂显然歪曲了该系统组成和性能之间的关系，第二种方式训练后的网络反映了这种歪曲，结果导致其预测效果的不真实和不稳定。而第三种方式把所有少量组分加入网络训练，使网络的性能得到了很好的改善。

综上所述，只要选择合适的矿渣微晶玻璃设计实例作为训练样本，训练过的神经网络就可以学习和抽取其中的信息，从而达到较好的学习和预测效果。

4.5.3 样本集 3 的训练

该文献涉及一种材料，此种材料既有天然大理石的外观，又有玻璃的化学稳定性和其他优良性能。然而已知的玻璃成分具有比较高的熔化温度，塑性加工即模制成型所需要的最低温度比较接近液相温度，所以在连续模制成型过程中难以避免析晶，在热处理过程中延缓再结晶。该文献设计了一些玻璃配方，来探索玻璃组成对熔化温度、模制温度等工艺参数的影响，样本集见表 4-6。

对表 4-6 中的数据进行分析，初步确定一些网络参数。

表 4-6　微晶玻璃组成与熔化温度、模制温度的关系　　　　单位：%

组成和温度	编　号										
	1	2	3	4	5	6	7	8	9	10	11
SiO_2	59.1	58.4	61.6	61.7	59.7	63.9	60.6	56.6	59.0	60.7	59.0
Al_2O_3	6.8	8.9	7.1	7.1	6.9	5.3	7.0	6.5	6.8	6.8	6.8
CaO	19.1	21.8	20.0	20.0	19.3	19.5	19.6	18.3	19.1	20.8	19.1
K_2O	1.6	1.8	1.7	1.3	1.6	1.8	1.7	1.6	1.6	—	—
Na_2O	1.7	1.8	1.8	1.8	1.7	1.8	3.5	1.7	1.7	—	—
B_2O_3	0.6	2.2	—	0.6	0.9	0.6	0.6	0.6	0.6	0.6	0.6
ZnO	6.8	5.1	7.8	7.1	9.9	7.1	7.0	6.5	6.8	6.8	6.8
BaO	4.3	—	—	—	—	—	—	8.2	4.4	4.3	7.7
熔化①	1440	1395	1430	1435	1440	1495	1425	1425	1440	1450	1480
模制①	1290	1270	1290	1295	1275	1330	1270	1265	1290	1295	1270

① "熔化、模制"是指熔化温度和模制温度（单位：℃）。

① 总样本数只有 11 个，为了网络能够获取尽量多的信息，确定每次取一个检验样本，剩余的样本都作为训练样本，这样每次训练样本数都是 10；

② 输入节点（输入参数）有 8 个，按前面的经验取中间节点 17 个，形成 8-17-1 的拓扑结构；

③ 各个样本中对应参数的输入值相差比较近，如 SiO_2 含量平均值为 60.03，标准差为 1.96。为了使标准化后的数据比较分散，采用统计标准化方法对输入值进行标准化。输出值仍采用常规标准化方法并转换到区间 [0.25，0.75] 之间；考虑到网络收敛较快，仍设最大迭代次数为 500。

（1）选择样本 3 为检验样本时的训练结果及分析

选择样本 3 作为检验样本，其他样本输入网络进行训练，训练结果见表4-7。

表 4-7　选择样本 3 为检验样本时的训练及预测结果

训练误差	熔化温度（实测值 1430℃）		模制温度（实测值 1290℃）	
	预测值/℃	训练总误差	预测值/℃	训练总误差
0.0005	1438.7	0.00156	1295.57	0.00142
0.0004	1440.96	0.00149	1295.45	0.00096
0.0003	1432.02	0.00079	1292.14	0.00023
0.0002	1432.08	0.00058	1292.14	0.00023
0.0001	1432.08	0.00014	1292.14	0.00023
0.00005	1431.80	0.00005	1290.98	0.00006
0.00001	1431.96	0.00001	1291.10	0.00002

在训练过程中，收敛次数均不超过 100 次，训练时间不超过 120s。训练过程快速、稳定，没有不收敛的情况。

分析训练及预测结果，可以得出以下一些结论。

① 预测结果具有很高的准确性，相对误差最小的达到 0.00126，这说明即使训练和检验样本中的某些参数缺失，网络仍可以进行学习和预测，网络具有很好的强壮性。

② 网络的训练和预测效果都与训练误差（ε）有关，正如表 4-7 中所示，训练总误差（ $e = \sum_l (y_l - t_l)$，l 为各个样本）随训练误差的减小而减小，但是网络的预测效果不是随训练误差越小越好。预测值对训练误差值有一个最佳值，即存在一个最佳的训练误差值。若超过这个值，训练误差对训练效果的改善作用达到饱和，甚至可能出现过拟合现象，即训练效果很好，但预测效果却变差了。

（2）选择样本 5 为检验样本时的训练样本及分析

选择样本 5 作为检验样本，其他样本输入网络进行训练，训练结果见表4-8。分析训练及预测结果，可以得到以下结论。

表 4-8　选择样本 5 为检验样本时的训练及预测结果

训练误差	熔化温度（实测值 1440℃）		模制温度（实测值 1275℃）	
	预测值/℃	训练总误差	预测值/℃	训练总误差
0.0005	1408.07	0.00175	1264.11	0.00101
0.0004	1458.57	0.00112	1271.84	0.0005
0.0003	1469.34	0.00051	1271.84	0.0005
0.0002	1469.34	0.00051	1271.84	0.0005
0.0001	1488.32	0.00016	1271.54	0.00006

① 训练及预测结果仍然体现了在上面提到的有关训练和预测效果与训练误差之间关系的结论，而且可以看到训练和预测基本上达到饱和状态。

② 对检验样本 5 的预测效果变差，特别是对熔化温度的预测结果，最好的相对误差也有 0.013，比以样本 3 为检验样本时的最佳预测大一个数量级，其原因主要是样本 5 与其他的训练样本存在较大差别（如 ZnO 的组分，样本 5 中该组分的含量是最大值），当然根本原因是由于训练样本不够，网络尚没有完全学习到组成和工艺参数之间的内在规

律，所以缺乏良好的外推能力。

4.6　虚拟样本技术

人工神经网络是一种处理诸如材料数据分析和性能预测等多维、复杂和定量问题的非常有效的数学工具[12]。然而，人工神经网络在数学建模方面仍然存在一些瓶颈问题亟需解决。此外，人工神经网络虽然已经成为材料数据分析的主流技术[13]，但是建立一个适合特定问题的人工神经网络模型不但需要选择一个合适的神经网络类型，而且需要一个好的"问题描述"。这里所说的"问题描述"，就是提供该问题相关信息的训练样本。许多人工神经网络应用失败的例子都不是因为人工神经网络技术引起的，而是由于缺少合适的问题定义和数据样本选择。对于复杂的材料分析问题，获取足够而有效的实验数据是非常重要的[14,15]。

矿渣微晶玻璃组分、结构和性能之间的关系非常复杂，属于多维、复杂和非线性关系，很难用普通的数据分析方法（如迭代分析法等）进行分析和处理。在前面的内容中，已经建立了矿渣微晶玻璃神经网络模型，并且验证了该模型的功能和有效性。但是，人工神经网络的学习效果不但依赖于训练样本的有效性，而且还依赖于训练样本的数量。对于矿渣微晶玻璃这种复杂的材料系统而言大量数据的获取比较困难，通常缺乏足够而有效的训练样本，使得人工神经网络进行数据分析和性能预测的效果并非总是令人满意的。在这里，基于矿渣微晶玻璃的基本性质，提出一种虚拟样本技术[16,17]。该技术可以根据一个较小的实验样本集构建出一个大的"虚拟"样本集，用来训练神经网络。利用这种虚拟样本技术，不但可以提高神经网络的学习能力和预测能力[18]，还能够有效地抑制"过拟合"现象[19]。

4.6.1　矿渣微晶玻璃虚拟样本技术的基本概念

矿渣微晶玻璃的基本组分和普通玻璃或者陶瓷几乎是一样的，但是在结构上，它是由玻璃网络（glass matrix）和微晶相（microcrystal phase）两部分组成的。在矿渣微晶玻璃中，SiO_2、Al_2O_3、CaO、MgO、Na_2O、

K₂O 等为主要组分，通常含量会超过 90％，它们会决定材料的网络结构和可能析出的晶相类型。由于以矿渣为主要原材料，因此通常还会随着矿渣而引入一些微量组分，如 TiO_2、P_2O_5、MnO_2、ZnO、S 等。虽然微量组分的含量很低，但是它们可以通过影响玻璃的微晶化过程而对材料的结构和性能产生非常重要而复杂的影响。这导致矿渣微晶玻璃组成、结构和性能之间的关系非常复杂，很难掌握其中的规律性。因为这个原因，目前对矿渣微晶玻璃的设计和制备还是采用"炒菜法"的方式，而且由于影响因素众多，很难获得足够的数据样本来反应玻璃系统的本质特性，也无法获得最优的设计条件。

为了说明虚拟样本构建的基本概念，参看一个常见的玻璃系统如 CaO-Al_2O_3-SiO_2 系统的相图，如图 4-5 所示。假如有两个配方，其中 CaO、Al_2O_3、SiO_2 三种主要组分的含量不是处于某两个晶相的交界处（实际上为了获得想要的主晶相，在材料设计时都会避开两个晶相交界处的组分），这时如果这两个配方的三种主要组分的含量只存在一个非常微小的差异，它们就会在微晶化过程中析出相同的晶相。而在热处理时，微量元素将影响成核和晶化过程，从而对微晶的大小、含量、分布和微结构产生影响，最终影响材料的物化

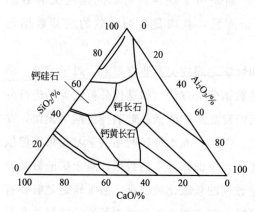

图 4-5　CaO-Al_2O_3-SiO_2 玻璃系统相图

性能。因此，可以理解，如果固定微量元素的含量，而只轻微改变主组分的含量，这样得到的不同材料配方将会获得几乎相同的材料结构和性能。基于这个简单而直观的原理，可以通过轻微地波动主组分的含量而从一个实际的实验样本构建出多个"虚拟样本"。所得到的虚拟样本数将会是原始样本的很多倍。虚拟样本的好处在于：①用数值方法而不是实验就可以由一个小的实验样本集构建出一个大的样本集来训练神经网络，节约了大量的人力物力和时间；②更重要的是，如果原始样本是有效的，那么通过选择合适的"波动范围"所获得的虚拟样本也同样是有效的，不但丰富了样本所携带的信息，也避免了从很多实验数据中剔除无效的或者相互矛盾的样本。

4.6.2　虚拟样本的构建

　　以样本集 2 为例介绍"虚拟样本"的构建方法。同样，定义表 4-4 中前五个组分为主要组分，后五个组分为微量组分。需要指出的是，将一个组分（如 MgO）列为主要组分并不是指它的含量高，而是因为它对于形成玻璃网络（glass matrix）是必需的和通用的（网络形成剂）。表 4-4 中有 14 个实验样本，将前 11 个作为训练样本，而后三个作为预测样本（检验样本）。

　　根据前面提出的原则，以一个很小的幅度（比如±1%）变动 k 个主组分的含量，同时保持微量组分的含量不变。这样由一个实验样本就得到 2^5 个虚拟样本。然而，没有必要将 2^5 个虚拟样本都用来训练神经网络。根据正交设计理论，由 7 因素 2 水平正交设计表得到的 8 个样本就可以代替 2^5 个虚拟样本。这样，由表 4-4 中的 11 个原始样本就获得了 88 个虚拟样本。表 4-9 列出了由表 4-4 的第一个样本所构建的 8 个虚拟样本，波动幅度为±1%。根据这样的方法，构建了 5 个虚拟样本集，主组分波动幅度分别为 0.5%、1%、2%、3% 和 5%，而微量组分均保持不变。把原始样本集记为 original，5 个虚拟样本记为 Ⅰ、Ⅱ、Ⅲ、Ⅳ和Ⅴ。

表 4-9　由表 4-4 中的第一个样本所构建的虚拟样本　　　　单位：%

N	SiO$_2$	Al$_2$O$_3$	CaO	Na$_2$O	MgO	MnO$_2$	Fe$_2$O$_3$	TiO$_2$	ZnO	S	CTE
1	74.77	2.54	12.63	6.03	2.84	0.14	0.75	0.21	1.61	0.95	62.1
2	74.77	2.54	12.63	5.91	2.72	0.14	0.75	0.21	1.61	0.95	62.1
3	74.77	2.48	12.38	6.03	2.84	0.14	0.75	0.21	1.61	0.95	62.1
4	74.77	2.48	12.38	5.91	2.72	0.14	0.75	0.21	1.61	0.95	62.1
5	73.29	2.54	12.63	6.03	2.72	0.14	0.75	0.21	1.61	0.95	62.1
6	73.29	2.54	12.38	5.91	2.84	0.14	0.75	0.21	1.61	0.95	62.1
7	73.29	2.48	12.63	6.03	2.72	0.14	0.75	0.21	1.61	0.95	62.1
8	73.29	2.48	12.63	5.91	2.84	0.14	0.75	0.21	1.61	0.95	62.1

4.6.3　虚拟样本对神经网络预测能力的影响

　　原始样本集和 5 个虚拟样本集用来训练在 4.4 节中所建立的人工神经网络模型，学习误差定为 0.001，然后利用另外三个样本来验证网络的预测能力。计算了每一个样本预测值和实验值之间的相对误差（ε_r），以及网络对于整个测试样本集的平均预测误差（$\varepsilon_{ra} = \dfrac{1}{m}\sum\limits_{i=1}^{m}\xi_{ri}$，$m$ 为测试样数)。平均预测误差代表了所训练网络的预测能力,反过来也说明了训练样本集的有效性。如果对于一个训练样本,多个网络都收敛到设定的学习误差,并给出接近的预测结果,就认为网络被成功训练,已经获得了训练样本所携带的信息。相反,如果只有 1～2 个网络可以训练到非常低的误差,或者预测结果随着网络结构的不同而显著不同,那么就认为网络并没有获得真正的信息,预测也就是不稳定的。因此,每个训练样本集都用来训练 9 个网络。这些网络具有 10 输入节点 ($M=10$),一个输出节点,而隐层节点的数目 N_h 选取 $2M-3$ 到 $2M+5$ 之间的 9 个值。

如图 4-6 所示为被训练网络的预测误差与隐层节点数 (N_h) 的关系。对于被每一个样本集所训练的 9 个网络,计算了预测误差的平均值和标准偏差,列入表 4-10 中。从图 4-6 中可以看到,由原始样本集和波动幅度大于 3％的虚拟样本集所训练的网络,预测误差随着网络结构的不同(隐层节点数的不同)而显著震荡。而虚拟样本集 I(波动幅度 0.5％)所训练的网络在预测的稳定性上有所提高,但是预测效果与原始样本集相比没有多少改善。这可能是由于虚拟样本的"误差稀释"效果:实验值也是无可避免地存在误差的。比如在组分上,原材料的称量过程或者材料的制备过程都可能导致组分的变动从而引入误差。也就是说实验值也仅仅是真实值的近似。因此,对于组分的微小波动就会覆盖真实值,从而对存在的误差具有稀释作用。这导致所训练网络的预测稳定性有所提高。但是由于波动幅度非常小(0.5％),虚拟样本集所包含的信息与原始样本集几乎一样,因此对于网络预测能力的提高没有多大帮助。

而当波动幅度提高到 1％时所获得的虚拟样本集 II,网络的预测误差明显降低,与原始样本集相比降低了将近一倍。这是因为,具有合适波动幅度的虚拟样本本质上也是"有效的"样本,它不仅扩充了原始样本的数量,而且也引入了更多的有效信息。因此,虚拟样本集提高了网络的预测能力。从图 4-6 和表 4-10 可以看出,当波动幅度增加到 2％时,网络的预测精度和稳定性都得到进一步的提高。当波动幅度增加到 3％以上时,网络的预测精度和稳定性依然很好,但是已经略有变差。当波动幅度为 5％时,由表 4-4 中 2 号样本和 3 号样本所产生的虚拟样本,以及由 6 号样本和 7 号样本所产生的虚拟样本,在主组分上产生重叠,这说明已经引入了矛盾样本,所训练的网络已经无法反映真实的关系,导致训练网络的预测误差比原始样本的都要高出接近一倍,预测稳定性也变差。这些结果说明，对于虚拟样本法存在一个最优的波动幅度，太小的幅度不能提供更多的信息，而太大则容易引入矛盾样本，大大降低网络的预测性能。

对于矿渣微晶玻璃，微量组分对材料结构和性能的影响是很大的。因为如果将所有的参数（主组分和微量组分）都以一定的波动幅度构建虚拟样本，就可能引入完全失真的数据和信息。将

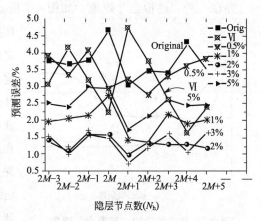

图 4-6　不同样本集训练的网络的预测误差与网络隐层节点数的关系

表 4-4 中的所有 10 个组分都以 3％的幅度波动构建虚拟样本集。应用 7 因素 2 水平的正交设计表可以得到 12 个虚拟样本，这样得到 132 个虚拟样本，构成样本集Ⅵ。同样用样本集Ⅵ对网络进行训练，得到的预测误差也表示在图 4-6 中。可以看到，预测的误差非常大，而且随不同网络结构而显著不同，这种现象比原始样本集都要更加明显。这是因为矿渣微晶玻璃的结构和性能对于微量组分的含量非常敏感，让微量组分也波动所构建的样本已经严重歪曲了材料组分和性能之间的关系，因此导致所训练的网络具有非常差的预测能力。这个结果提示在制备矿渣微晶玻璃的时候，必须非常严格地控制微量组分的含量，尤其是晶核剂的含量。

表 4-10　不同样本集训练的网络的预测误差和标准偏差

训练网络批次	平均值/％	标准偏差
Original	3.729	0.481
Ⅰ（0.5％）	3.458	0.441
Ⅱ（1％）	1.981	0.415
Ⅲ（2％）	1.304	0.204
Ⅳ（3％）	1.315	0.318
Ⅴ（5％）	2.474	0.384
Ⅵ	3.078	0.980

4.6.4　虚拟样本对神经网络"过拟合"现象的影响

到目前为止，95％的实际应用都基于 BP 反传网络。然而，这种网络

存在一种"过拟合"现象。如图 4-7 所示，在网络的训练阶段，随着迭代次数的增加，网络输出值和教师值之间的误差（训练误差）总是单调递减并最终达到一个最小值后饱和。然而，网络的预测效果却不是随着训练误差的减小而单调减小，而是在某个阶段开始趋于饱和（饱和点）并达到最佳状态，随后在某个点（过拟合点或者过训练点）之后网路训练误差增大，预测效果变差，这就称为过拟合现象。因此，并不是

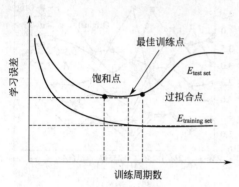

图 4-7 神经网络的"过拟合"现象

达到的训练误差越小越好，而是应该在预测误差最小的时候停止训练，即图 4-7 中所标注的饱和点和过拟合点之间的最小误差值处。这样不仅减少了训练的时间，也提高了训练的效率和质量。

为了防止陷入过拟合状况，通常会设定一个非常小的正数 η 来控制训练过程。对于每个训练样本，当 $|t_l - y_l| < \eta$ 时就停止训练。式中，t_l 为网络的输出值；y_l 为实验值（教师值）；η 为学习误差。如果 η 值设置得比较小就会导致过拟合状态，而如果 η 值设置得比较大，网络就会在学习到正确的"关系"之前提前结束训练。因此，对大多数网络构造实验来说，确定一个最优的学习误差值是非常困难的。到目前为止只能采取炒菜法（trial and error）来决定一个合适的学习误差。

以 10-21-1 的网络为例，将原始样本集和虚拟样本集 Ⅱ、Ⅲ、Ⅳ 和 Ⅴ 来训练网络。学习误差在 0.006～0.0001 之间。如图 4-8 所示为不同样本集所训练网络的预测误差与学习误差之间的关系。可以看到，随着学习误差的减小，预测误差快速减小并达到一个最小值。进一步降低学习误差，网络的预测效果进入一个饱和区，随后就开始变差，这就是典型的过拟合现象。

将饱和点到过拟合点之间的学习误差范围定义为饱和区域，在这个区域之内预测误差的平均值定义为"饱和值"。显然，饱和值代表了网络的预测能力，而饱和范围则表示网络预测效果相对于学习误差的稳定性，它决定了网络设计者选择学习误差的可操作范围。表 4-11 列出了不同样本集所训练网络的饱和值和饱和范围。

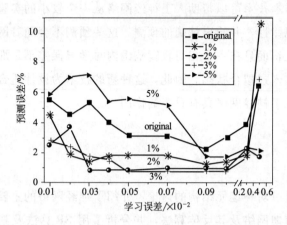

图 4-8　不同样本集所训练网络的预测误差与学习误差之间的关系

表 4-11　不同样本集所训练网络的预测误差饱和值和饱和范围

训练网络批次	饱和值/%	饱和区间
Original	3.2	0.001～0.0005
Ⅱ(1%)	1.8	0.001～0.0002
Ⅲ(2%)	0.9	0.001～0.0003
Ⅳ(3%)	0.74	0.001～0.0005
Ⅴ(5%)	1.7	0.001～0.0009

由图 4-8 和表 4-11 可以看出，所有的神经网络都在 $\eta=0.001$ 时预测效果就达到饱和区。由原始样本训练的网络，在 η 降低到 0.0005 时预测误差开始变大，达到过拟合状态，而且饱和值也比较大，说明预测能力较差。而对于由虚拟样本 Ⅱ 所训练的网络，预测误差明显降低，过拟合状态直到 $\eta=0.0002$ 之后才出现，这样饱和区扩展了接近一倍。由数据集Ⅲ和Ⅳ训练得到的网络具有最佳的效果，不但预测误差进一步降低到 0.9% 以下，而且依然具有很大的饱和区域。而由数据集Ⅴ训练的网络不但预测误差非常大，而且其饱和区也非常短。这个实验结果再一次验证这些样本集的质量与前面的结论是完全一致的。

因此，可以得出结论，根据提出的虚拟样本原则构建的合适的虚拟样本，不但可以大大提高网络的学习能力和预测效果，而且还能有效地改善网络的过拟合现象。这归因于额外的训练样本和这些样本所提供的额外的信息。必须指出的是，并不是所有的参数都可以用来构建虚拟样本，比如"内在关系"比较敏感的那些因素或者只有离散值的参数，均不适合参与构建虚拟样本。总体来说，对于玻璃、陶瓷、微晶玻璃等复杂材料系统，应用虚拟样本技术可以帮助人工神经网络从一个较小的实验样本学习到复杂的内在规律性，并给出精确的预测。这些预测不会随着网络结构的变化而显著变化，而且在一个相对较宽范围内对学习误差不是那么敏感，不会很容易地陷入过拟合状态。因此，这种新的技术为设计适合复杂系统应用的高质量人工神经网络具有重要的作用。

4.7　小结

本章通过对神经元结构的讨论，介绍了神经网络的主要特性，详细阐述了多层前馈网络及其反传算法，并分析了用 BP 算法及其"整体误差修正方案"相结合来建立快速、有效、强壮性好的矿渣微晶玻璃神经网络。用样本集证实了该神经网络模型具有很好的学习能力和预测能力，并初步讨论了主要网络参数的选择原则和方法。最后，提出了一种新型的虚拟样本技术，大大改善了网络的预测效果和可操作性能。

参 考 文 献

[1] McCulloch W S, Pitts W H. A logical calculus of the ideas immanent in neuron activity. Bulletion Mathematical Biophysics, 1943, 5: 115-133.

[2] Rosenblatt R. Principles of Neurodynamics. Spartan D. C., 1962.

[3] Minskey M L, Parert S. Perceptron. Cambridge MA: MIT Press, 1975.

[4] Hopfield J J. Neural Networks and Physical systems with Emergent Collective Computational Abilities. Proc. Natl. Acad. Sci., 1982: 2554-2558.

[5] 胡守仁，余少波，戴葵. 神经网络导论. 长沙：国防科技大学出版社，1993.

[6] 赵林明，胡浩云等. 多层前向人工神经网络. 郑州：河南水利出版社，1999.

[7] 张星昌. 前馈神经网络的新学习算法研究及其应用. 控制与决策，1997，12（3）：213-216.

[8] 吴新生，刘焕彬. 基于人工神经网络方法的间歇硫酸盐法蒸煮纸浆硬度的 H-因子控制. 广东造纸，1998，（2）：5-7.

[9] 吴新生，谢益民等. 主成分法用于化工过程人工神经网络建模. 计算机与应用化学，1999，16（3）：219-221.

[10] 国家建委建筑材料科学研究院技术情报所. 国外矿渣微晶玻璃资料汇编（第一集）.1973，133-136（内部资料）.

[11] 国家建筑材料工业局蚌埠玻璃工业设计院信息中心. 矿渣微晶玻璃的生产与应用（译文资料，下册）.1994，71-74（内部资料）.

[12] Xia Z N, Lai S G, Hu Z B, Lu Y W. Database and knowledge acquisition for ceramics design. In: C. P. Sturrock and E. F. Begley (Eds.). Computerization and Networking of Materials Databases: Fourth Volume, American society for testing and materials, Philadelphia, 1995: 224-234.

[13] Smets H M G, Bogaerts W F L. Nenural networks for materials data analysis: development guidelines. In: C. P. Sturrock and E. F. Begley (Eds.). Computerization and Networking of Materials Databases: Fourth Volume, American society for testing and materials, Philadelphia, 1995: 211-223.

[14] Zhou J J, Xie Q, Feng J, Li S M, Xu Z H, Chen L J, Gui Z L. A software tool for matrials data analysis and property prediction: CASAC-ANA. In: C. P. Sturrock and E. F. Begley (Eds.). Computerization and Networking of Materials Databases: Fourth Volume, American society for testing and materials, Philadelphia, 1995: 235-254.

[15] Kasperkiewicz J. The applications of ANNs in certain materials-analysis problems. Journal of Materials Processing Technology, 2000, 106: 74-79.

[16] Sun Hong-Yuan, Wen Qi-Ye, Zhang Pei-Xin, et al. Model of artificial network for complex data analysis in slag glass ceramic. Zeitschrift Fur, 2004, 95 (2): 1-5.

[17] 文岐业, 张培新, 张怀武. 矿渣微晶玻璃材料设计神经网络模型. 无机材料学报, 2003, 18 (3): 561-568.

[18] Wen Q Y, Zhang H W, Zhang P X, Jiang X D. Improved artificial neural network for data analysis and property prediction in slag glass-ceramic. Journal of American Ceramic Society, 2005, 88 (7): 1765-1769.

[19] Wen Q Y, Zhang H W, Yang Q H, Zhang P X. A virtual sample technology based artificial-neural-network for a complex data analysis in a glass-ceramic system. Journal of Ceramic Processing Research, 2008, 9 (4): 393-397.

第5章 类比设计模块

5.1 引言

类比学习（learning by analogy）是矿渣微晶玻璃专家系统中实现知识自动获取的重要方法，是人类利用过去的经验来求解新问题的一种思维过程。在矿渣微晶玻璃材料设计的过程中，材料专家的知识和经验对于提高设计质量，处理设计中出现的各种复杂问题是很关键的，而材料专家的经验绝大部分也是通过类比学习获取的。由于矿渣微晶玻璃设计知识的缺乏和理论研究的局限，更加突出了类比学习在矿渣微晶玻璃材料设计中的重要地位。

类比设计即是利用已经建立起来的材料实例库，将设计条件和已有实例相比较，按照事先确定好的类比原则选择相似程度较高的设计实例作参考进而确定新的设计问题的设计参数，并在此基础上进一步寻找最优的矿渣微晶玻璃设计方案。

5.2 类比设计的基本原理

5.2.1 类比概述

类比的历史可追溯到几千年前的古希腊，那时的哲学家们就已把类比看成一种非常重要的思维方式。机器类比的研究始于 20 世纪 60 年代中期。Evans[1]设计了第一个类比推理程序：Analogy，用以解答一类几何图形变化问题的智力测验题；70 年代初 Kling 提出了第一个类比推理样板，用以辅助代数定理证明[2]；80 年代初 Winston 指出了因果关系在类比中的支配作用[3]；Carbonell 提出了类比转换方法，将已知问题的解法转换成类似问题解法[4]；Gentner 提出了结构映射理论[5]；80 年代以后开始出现了一些类比和类比推理的数学模型。Polya 对数学中归纳和类比的研究开始了形式研究类比推理，对机器类比的研究起了重要的促进作用[6]。

5.2.2　常用的几种类比方法

① 直接类比　从自然界或已有的成果中寻找与设计对象相类似的现象或事物，从中获得启示。这要比凭空想象来设计某种物质更易取得成功。

② 拟人类比　在设计过程中，有些设计对象可"拟人化"，即模仿人的某种特征进行拟人类比设计。

③ 因果类比　两个事物的各个属性之间，可能存在着某种因果关系，因此，人们可以根据一个事物的因果关系推出另一事物的因果关系，通过因果类比创造出新的事物。

④ 综合类比　事物众多属性之间的关系是错综复杂的，但是，人们可以综合它们相似的特征进行类比，得到创新设计的启示。

类比设计法是一种富有创造性的设计方法，它有助于发挥人的创造能力，能从同中求异或从异中求同，从而产生新的设想。

5.2.3　属性类比

类比是某种类型的相似性，在进行类比时的着眼点是：在出现一个问题时，如何检索到一件已知的相似事件的解决方法，并把这个解决方法"嫁接"到新事物上去。类比推理可归结为四类：属性类比、映射类比、结构类比和扩张类比[7]。其中属性类比是最基本的一种，在矿渣微晶玻璃材料设计过程中主要应用了属性类比的方法。

把已有的问题称为基集，要解决的新问题称为目标集。基集和目标集都由一组属性来界定，属性类比即是通过比较两个对象的属性之间的相似度来确定结论的推理方式。在矿渣微晶玻璃材料设计中，基集和目标集中用于类比的属性主要就是矿渣的组成状况。矿渣的组成状况主要决定了制造微晶玻璃的各种工艺参数，包括主要形成什么样的主晶相，选用什么样的晶核剂，确定成型工艺等。在这里，说这次设计的设计条件 F 和另一次设计的设计条件 S 相似时，就是指 F 的矿渣组成状况和 S 的矿渣组成状况相似。

在判别两种比较集的相似程度时，其各个属性的重要程度是不同的，因此依照不同属性的重要程度来类比得出的结论也是不相同的。为了反映这种重要程度，可以给比较集中的各个元素赋予不同权值，根据比较的侧重点不同来突出某些属性的重要性。根据相似度的大小就可以判断出基集和目标集的相似程度，进而可以通过类比推理得出目标集的结论。

5.3 类比设计的一般模式[8]

在矿渣微晶玻璃专家系统中已经建立了一定规模的材料设计实例库和知识库，以此作为类比的基础，才可以为用户提供最佳的材料设计方案。属性类比推理的基本过程如下。

（1）初步分析

给出一个新的材料设计问题，对已知条件按一定的方式进行合适的描述，初步分析与已有问题进行类比的可行性，确定表示各参数重要性的权值。

（2）选择类比源

在初步分析的基础上，与材料设计实例库中的各实例的属性进行量化比较，得到每一实例与设计目标之间的相似程度系数，称为相似度。相似度高于既定阈值的实例称为相似实例，它们组成相似实例集合。

（3）类比转换

从相似实例集合中选择相似性最大、综合满意度最高的一个基集作为类比推理的对象，考虑对这个实例在初始解生成中的贡献，按照某种原则，推算出新设计问题的初始解。

（4）系统自学习

在矿渣微晶玻璃材料设计过程中，要把类比设计和其他经验设计方法得出的有效设计方案保存起来，以便通过类比学习能不断完善材料实例库和知识库，对于系统认为有价值的设计，将其收录入库，以备后用。

类比学习系统模式如图 5-1 所示。

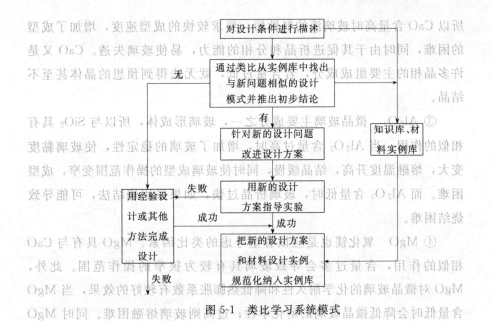

图 5-1　类比学习系统模式

5.4　矿渣微晶玻璃类比因素分析[9~12]

　　如前所述,矿渣微晶玻璃设计的类比属性主要是矿渣的组成状况。矿渣微晶玻璃采用的矿渣资源十分丰富,来源广泛。高炉矿渣、有色金属的冶炼矿渣、粉煤灰以及一些尾矿等是矿渣微晶玻璃的优良原料。大多数的岩石,例如玄武岩、粗晶花岗岩、霞石等均为微晶玻璃原料。目前用得最多的是冶金渣,它们的主要成分一般有 SiO_2、Al_2O_3、CaO、MgO、Na_2O,次要成分有 Fe_2O_3、ZnO、TiO_2、Cr_2O_3、CuO、P_2O_5 等。它们对微晶玻璃的制备性质和最终性能的影响如下。

　　① SiO_2　二氧化硅是微晶玻璃最主要的组分之一。SiO_2 是网络形成剂,对玻璃的稳定性有重要作用。若 SiO_2 含量低时,熔融玻璃液的黏度低,结晶速度快,降低了玻璃的稳定性,使成型性能恶化。如果采用烧结法,过快析晶还可能使烧结中流动性不好,阻碍了烧结的进行。若 SiO_2 含量过高,玻璃可能过于稳定,熔化温度升高,结晶困难,甚至难以获得微晶玻璃。

　　② CaO　氧化钙是网络外体,是影响玻璃成型方法的重要因素。CaO 在高温下降低玻璃黏度,促进玻璃析晶和分相,在低温下提高玻璃黏度,

所以 CaO 含量高时玻璃液的料性短，要求较快的成型速度，增加了成型的困难，同时由于其促进析晶和分相的能力，易使玻璃失透。CaO 又是许多晶相的主要组成成分，若含量过低，就无法得到预想的晶体甚至不结晶。

③ Al_2O_3 微晶玻璃主要成分之一，玻璃形成体，所以与 SiO_2 具有相似的作用。当 Al_2O_3 含量过高时，增加了玻璃的稳定性，使玻璃黏度变大，熔融温度升高，结晶缓慢，同时使玻璃成型的操作范围变窄，成型困难。而 Al_2O_3 含量低时，玻璃析晶过快，如果采用烧结法，可能导致烧结困难。

④ MgO 氧化镁也是应该着重考虑的类比因素。MgO 具有与 CaO 相似的作用，含量过多会导致玻璃具有较为狭窄的操作范围。此外，MgO 对微晶玻璃的化学耐久性和降低热膨胀系数有较好的效果，当 MgO 含量低时会降低微晶玻璃的耐化学性；过高则玻璃熔融困难。同时 MgO 还是一些晶相的组成成分，如镁橄榄石，为了获得足够晶粒也必须要求一定量的 MgO 含量。

⑤ Na_2O、K_2O 碱金属氧化物也是微晶玻璃组成中重要的成分之一，它们是重要的玻璃助熔剂，可以有效地降低玻璃黏度，从而降低熔融温度。但若含量过高，会对析晶过程产生影响，如硅灰石，其晶体生成量会随 Na_2O+K_2O 含量的增加而明显减少。

其他如 Fe_2O_3、ZnO、TiO_2、Cr_2O_3、CuO、P_2O_5 均可看作微晶玻璃的添加料，它们分别对不同的玻璃系统的析晶、成型方法或热处理工艺有特定的影响。此外，它们对玻璃系统的影响也不是彼此独立的，而是相互影响的，如 Cr_2O_3，以高场强的间隙阳离子的形式存在于玻璃中，可以诱导玻璃中的两相分离，继之以其他相析晶。但 Cr_2O_3 在 CaO-MgO-Al_2O_3-SiO_2 玻璃中作为晶核剂是无效的，原因之一是 Cr_2O_3 在该系统中的溶解度很低（0.6%），若含有 Fe_2O_3，则可以提高 Cr_2O_3 的溶解度，是有效的晶核剂。

以上所讨论的有关影响微晶玻璃设计效果的各要素在进行类比设计时都应该予以考虑，可以根据它们的重要程度确定它们的类比权值（重要性权值）。这些要素都是数值型的，不需要复杂的语言描述和匹配，是比较容易进行处理的。

5.5　类比关系准则

前面分析了类比学习要考虑的主要影响因素，这些因素即确定了一个新的矿渣微晶玻璃材料设计问题。把新的设计问题和已有的设计问题相比较，就可以推断出新的设计问题的处理方案。比较过程即是根据一定的类似关系准则得出不同设计问题的相似度。类似关系准则不仅反映出不同设计问题之间的总体类似水平，而且还应该反映出不同的设计问题中各要素在类比过程中所起的作用。

在矿渣微晶玻璃专家系统中，用类似度来描述新的材料设计问题和材料实例库中的已有实例的相近程度。在参考文献 [13] 中提出了用综合类似度来确定相似度的方法，具体如下。

综合类似度是分别计算各个可比因素的相似程度，然后按每一种因素在综合比较中所占权重来加权计算，即

$$M_s = \sum_i S(i)W(i) \tag{5-1}$$

式中　$S(i)$——目标模式中第 i 个特征值同基模式中的第 i 个特征值的相近程度（类似度）；

$W(i)$——第 i 个类似度在综合类似度计算中所占的比重。

如前所述，类比因素都是数值型的，它们的类似度以目标集和基集之间的相对误差来计算，即

$$S(i) = 1 - \frac{|V_{t_i} - V_{b_i}|}{V_{b_i}} \tag{5-2}$$

式中　V_{t_i}——目标设计集中第 i 个因素以实数表示的特征值；

V_{b_i}——基设计集中第 i 个因素以实数表示的特征值。

当相互比较的两个设计问题中某个类比项相同时，则该类比项的类比度为 1。类比项的值相差越大，则类比度就会越小。但公式(5-2)在实际计算中当某一个类比项的数值相差较大时存在以下问题：①类比度可能出现负值，并且迅速降低了综合类似度的值；②不能正确反映基模式和目标模式的差别，如 $V_{t_i} = 60$、$V_{b_i} = 5$ 和 $V_{t_i} = 5$、$V_{b_i} = 60$ 这两组数据对综合类似度的贡献是一样的，但依公式(5-2)计算的相似度分别为 -10 和 0.0833，显然不能正确反映这种情况。

在矿渣微晶玻璃材料设计专家系统中，采用如下经过简单修正的计算公式。

$$S(i) = 1 - \frac{|V_{t_i} - V_{b_i}|}{\max(V_{t_i}, V_{b_i})}$$

(5-3)

这个公式同公式(5-2)一样简单，但却有效解决了以上问题。

5.6 冲突消解

冲突消解过程，是指规则和事实通过匹配器进行模式匹配后，若同时有两条以上的规则可满足，进入冲突消解系统，则系统必须从中选择一条规则来执行。冲突消解策略即是执行冲突消解过程所依据的原则。

对于不同的系统，冲突消解策略是不同的。这些策略可以是盲目的，也可以根据问题的启发式信息来选择规则进行推理。盲目的冲突消解策略可以是随意地选择已满足条件的规则执行，或者是采用下面的策略，这些策略是通用的，而且是常用的策略。

① 折射性　该策略是指用同样的数据实例化某条规则时，该规则不能先后两次被激活并选中。实现该策略的简单方法是从工作区中删除已经使用了一次的实例。该策略实际上是避免了系统不停地循环，当系统不能推出新的事实时，系统就停止运行。

② 就近性　该策略是指选择最新激活的规则，即应采用工作区中最新的内容去实例化规则。该思想是为了防止产生式系统再次返回来查看旧的数据。当然，在当前的情况下，推理失败时，再次返回查看旧的数据也是需要的。这种方法类似于深度优先的搜索。

③ 公平性　该策略是指先激活的规则先执行。这种方法类似于宽度优先搜索。

④ 特殊性　该策略是指对于前件具有较多子句的规则比具有较少子句的规则优先激活并选中。

对于产生式系统，可采用基于启发式的冲突消解策略，包括以下几种。

① 成功率高的产生式规则优先执行　可以对应用领域中的问题进行分析，确定各种问题出现的可能性高低，确定每个规则被选中并成功执行的可能性。成功率高的产生式规则优先执行。

②　按规则选中执行的性能/代价比排序　对每条规则,记录其成功率和失败率以及成功、失败时各自的计算开销。从大到小对规则集进行排序。

③　综合多种冲突消解策略　还可以按规则的可信度和权威性进行排序等,并且根据不同的问题也可以定义和设计不同的冲突消解策略。一般产生式系统都是多种冲突消解策略的组合。

随着矿渣微晶玻璃材料实例库的不断扩大和补充,类比中满足类似条件的已有材料设计实例可能不止一个,因而需要依照一定的冲突消解原则从这些实例库中选择一个合理的实例进行分析。在类比设计中,一个自然的想法就是选择综合类似度最大的一个已有实例,这种原则保证了材料设计条件的最大程度相近,但是这一匹配原则仍无法保证选择的已有实例其设计效果最佳。

在矿渣微晶玻璃材料设计过程中,材料设计专家通过类比得出一批相似度较高的已有实例后,并不是急于拿来指导实验。他们往往还要看该实例采用的工艺路线、实验方案以及最终得到的材料性能,然后选择符合实验室已有条件、性能指标最满足需要的实例。

在矿渣微晶玻璃材料设计专家系统中,模拟材料专家进行材料设计的思维过程来解决冲突消解问题,即在类比结束后,将相似程度较高的实例都列出来,用户可以根据实例号从材料实例库中查看它们的各种参数,然后选择合适的已有实例。

当完成类比设计后,对于选出的已有实例,其设计方案将作为新的材料设计问题的初始方案,系统在此基础上再针对具体的条件和要求进一步完善设计方案。

5.7　类比设计模块的建立和效果检验

按照以上所述的原则建立了矿渣微晶玻璃专家系统类比设计模块,在已经建立矿渣微晶玻璃材料实例库的基础上,已经可以解决一般的微晶玻璃设计问题,这里选择了一个预留实例来检验其设计效果。该实例选自由原国家建委建筑材料科学研究院技术情报所汇编的《国外矿渣微晶玻璃资料汇编(第 1 集)》[10],使用的矿渣为高炉矿渣,其矿渣组成列于表 4-3(见第 4 章),为叙述上的方便,将该矿渣称为矿渣 1。

对矿渣 1 进行分析，初步确定选择 CaO-Al₂O₃-SiO₂ 系统，并且由于 Fe_2O_3 对微晶玻璃有较大的影响，确定 CaO、Al₂O₃、SiO₂ 及 Fe_2O_3 的权值取 1，MgO 的权值取 0.8，锰和钛的氧化物取权值取 0.5。其余不赋予权值，即取缺省为 0。将矿渣成分和权值输入如图 5-2 所示的窗体并保存，如果原来已经输入并保存，则可以将矿渣文件打开。

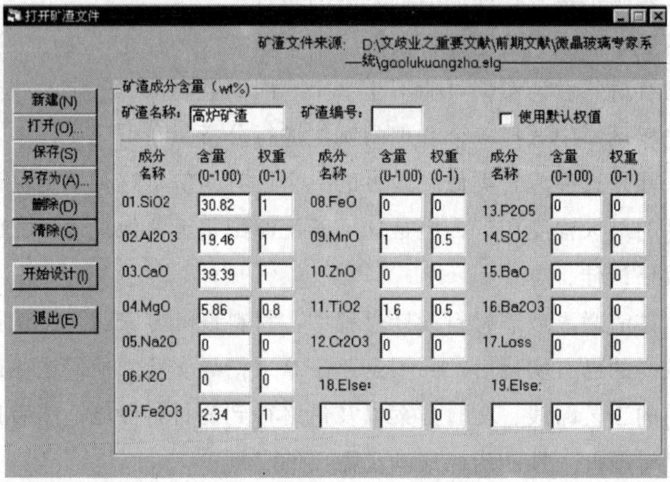

图 5-2　矿渣成分及权值输入窗体

下一步就可以开始类比，系统按确定的类比方法将矿渣 1 与矿渣数据库中的所有矿渣逐一比较，类比结束后按相似度高低顺序将它们排序，如图 5-3 所示。可以通过选择矿渣号并进入下一步逐一查看矿渣所对应的微

图 5-3　类比结果窗体

晶玻璃设计实例的基础玻璃组成、工艺参数和产品性能，如图 5-4 所示。
然后选择一个满意的实例作为类比实例，取其参数作为设计的初始参数。
其设计流程如图 5-5 所示。

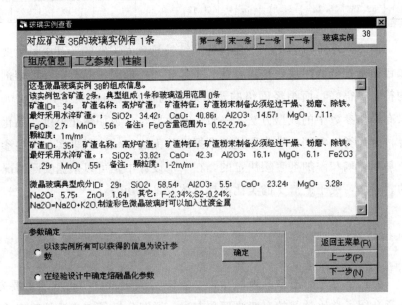

图 5-4　矿渣对应的实例查看窗口

图 5-5　类比设计流程图

通过这个设计实例可以获得初步信息，与矿渣 1 实际的设计信息比较
见表 5-1，其中基础玻璃组成见表 5-2。

表 5-1　专家系统类比设计参数与实际参数比较

项　　目	类比设计获得的数据	实　际　数　据	说明
玻璃系统	$CaO-Al_2O_3-SiO_2$	$CaO-Al_2O_3-SiO_2$	一致
主晶相	硅灰石	硅灰石，方石英等	一致
操作参数	烧结法	浇注法	不一致
添加剂	CaF_2，Na_2SO_4，ZnO	ZnS，Na_2O，K_2O	基本一致
热膨胀系数	77.66[①]	80.2[②]	

① 该数值是由第 4 章样本集 2 训练的神经网络的预测值，该网络结构为 6-12-1，训练误差 0.001。
用来预测的输入样本是表 5-2 中的"设计组分"。

② 该数值是用表 5-2 中"实际组分"制备的微晶玻璃制品的实测值。

表 5-2　专家系统类比设计基础玻璃组成与实际组成

项目	SiO_2	Al_2O_3	CaO	Na_2O	MgO	Mn_2O_3	Fe_2O_3	TiO_2	ZnO	S
设计组分	58.54	5.5	23.24	5.75	3.28	—			1.64	0.24
实际组分	59.23	5.14	24.81	5.44	1.47	0.26	1.12	0.40	1.93	1.24

通过对比可以看出，类比设计的结果是令人满意的，其中最主要的参数包括基础玻璃组成、玻璃系统、主晶相和添加剂（晶核剂和助熔剂）等均符合得很好，而神经网络的预测效果也很好（相对误差只有 0.0032）。只有操作参数中的成型方法不一致，其他操作参数如熔化温度、晶化制度等，因为类比实例中缺失了这些数据以致无法比较，但事实上这些参数都由基础玻璃和添加剂直接决定的，在一个设计中是可以依据实际情况变化的。总之，关于矿渣 1 的类比设计总体上是成功的。

5.8　小结

类比学习是矿渣微晶玻璃专家系统中实现知识自动获取的重要方法。本章介绍了类比学习的一般原理和方法，详细分析了矿渣微晶玻璃的类比因素，确立了适合矿渣微晶玻璃专家系统的类比准则和冲突消解策略，建立了矿渣微晶玻璃类比设计模块，并通过一个预留实例对该模块的设计效果进行检验，结果是令人满意的。

参 考 文 献

[1]　Evans T G. A Program for the Solution of Geometric-Analogy Intelligence Test Questions, Semantic Information Processing，M，MIT Press，1968.

[2]　Kling R E. A Paradigm for Reasoning by Analogy. Artificial intelligence，1971，2：147-178.

[3]　Winton P H. Learning and Reasoning by Analogy. CACM，1980，23（12）.

[4]　Carbonell J G. A computational Model of Problem solving by Analogy. In：IJCAI-81. Vancouver，Canada：British Colubia，1981：147-152.

[5]　Gentner D. Structure Mapping：A theoretical Framework for Analogy. Cognitive Science，1983，7：155-170.

[6]　Polya G. Mathematics and plausible Reasoning（V1，2）. Princeton，NJ：Princeton University Press，1957.

[7]　伊波，徐家福. 类比推理综述. 计算机科学，1989，4：1-8.

[8] 张常有，干锋君，孙林夫. 基于灰色系统理论的工程相似度分析. 计算机应用，2000，20（增刊）：16-19.

[9] 潘守芹等编. 新型玻璃. 上海：同济大学出版社，1992：73-126.

[10] 华东化工学院等编. 玻璃工艺原理. 北京：中国建筑工业出版社，1981.

[11] 麦克米伦 P W 著. 微晶玻璃. 王仞千译. 北京：中国建筑工业出版社，1988：97-104.

[12] 沈定坤. 微晶玻璃的组成结构和性能. 玻璃与搪瓷，1991，19（6）：26-32.

[13] 郭连军，范文忠. 露天矿爆破专家系统的类比设计方法. 鞍山钢院学报，1993，（9）：24-28.

第6章
矿渣微晶玻璃专家知识和经验设计

本章将较详细描述矿渣微晶玻璃的一些专业知识，介绍各种参数对设计的影响以及它们的相互作用。这些专业知识以规则的形式被合理地组织成知识库，并应用于专家系统中，这一知识库可以被不断补充和完善。

在建立了矿渣微晶玻璃知识库的基础上，模拟材料设计专家进行材料设计的方法建立了矿渣微晶玻璃经验设计模型。经验设计，就是应用知识库中存储的经验和理论知识，对材料设计做出有效的指导和辅助。

6.1 矿渣微晶玻璃专家知识[1~11]

6.1.1 基础玻璃组成

（1）玻璃系统

玻璃系统在矿渣微晶玻璃中是一个重要的参数，因为微晶玻璃的主晶相、玻璃成型性质以及最终的玻璃性能等都与玻璃系统有关。用于矿渣微晶玻璃的玻璃系统主要有 $CaO\text{-}Al_2O_3\text{-}SiO_2$、$CaO\text{-}MgO\text{-}Al_2O_3\text{-}SiO_2$、$CaO\text{-}MgO\text{-}SiO_2$ 等。如 $CaO\text{-}Al_2O_3\text{-}SiO_2$ 系统可能形成的晶相有硅灰石、透辉石、黄长石和斜长石等。该系统制成的以硅灰石为主晶相的微晶玻璃，具有强度大、硬度高、耐候性能好、热膨胀系数小等良好的性能。

在设计中，基础玻璃的组成范围一般依照矿渣组成所属的玻璃系统来确定，这样可以最大限度地增加矿渣掺量，降低生产成本，一般而言，矿渣掺量要达到 40％ 以上。但是，由于矿渣也仅是玻璃配合料的一部分（主要原料或附加原料），为了得到理想的玻璃性能，用户一般要加入其他原料，这样基础玻璃的玻璃系统可以和矿渣的玻璃系统不一致。

（2）主要成分

基础玻璃的主要成分决定了玻璃的成型方法和热处理制度，并最终决定了玻璃的许多重要的性能。因此玻璃组分的确定是玻璃设计中非常重要的部分。有关各种主要组分对玻璃制备的影响已在第 5 章作为类比因素做了较为详细的介绍。

（3）晶核剂及辅助成分

晶核剂及微晶玻璃中的少量元素同样是不可忽视的，它们可以通过影响玻璃析晶和分相而影响玻璃的性能。晶核剂的选择和辅助成分的添加都要依据具体实际来确定。

① 晶核剂的选择　晶核剂的作用是在玻璃熔制过程中均匀地溶解于玻璃液中，当玻璃处于析晶稳定区时，降低晶核形成所需的能量，从而使核化在较低的温度下进行。常用的有 TiO_2、Cr_2O_3、Fe_2O_3、ZrO_2、P_2O_5、氟化物、硫化物等。这些物质的成核能力和成核原理随玻璃组成的不同而不同。

② TiO_2　在玻璃中的溶解度可达 $2\% \sim 20\%$，一般认为在核化过程中，与其他 RO 类型的氧化物一起从硅氧网络分离出来，形成 $RO \cdot TiO_2$ 型的钛酸盐，并以此为晶核，促进玻璃微晶化。TiO_2 可显著降低玻璃熔体的黏度，有利于成核，但 TiO_2 在含有 RO 玻璃系统中才是有效的，TiO_2 在简单的 $Li_2O\text{-}SiO_2$ 玻璃中并不能提供理想的成核。

③ ZrO_2　一般认为其成核原理是先从母相中析出富含锆氧的结晶，进而诱导母体玻璃成核。ZrO_2 在硅酸盐玻璃熔体中溶解度很小，一般超过 3% 就因溶解困难而常从熔体中析出，但引入少量 P_2O_5 能促进 ZrO_2 的溶解。

④ Cr_2O_3　以高场强的间隙阳离子的形式存在于玻璃中，可以诱导玻璃中的两相分离，继之以晶相的析出。Cr_2O_3 在玻璃中的溶解度也是很低的，但含有 Fe_2O_3 时溶解度增大。Cr_2O_3 是 $CaO\text{-}Al_2O_3\text{-}SiO_2$ 系统析出透辉石晶相最有效的晶核剂。铬有两种价态存在于玻璃中，即 Cr^{3+} 和 Cr^{6+}，提高熔化温度或延长熔化时间以及还原气氛有利于 Cr^{3+} 的形成，从而减少铬渣的毒性。

⑤ P_2O_5　P_2O_5 是玻璃形成氧化物，对硅酸盐玻璃具有良好的成核能力。常与 TiO_2、ZrO_2 共同或单独用于 $Li_2O\text{-}Al_2O_3\text{-}SiO_2$ 及 $MgO\text{-}Al_2O_3\text{-}SiO_2$ 等系统微晶玻璃。

⑥ Fe_2O_3　铁的氧化物可在某些微晶玻璃系统中作为有效的晶核剂，可以促进 $CaO\text{-}MgO\text{-}Al_2O_3\text{-}SiO_2$ 玻璃中析出钙长石和硅灰石。在氧化气氛中熔化可以保证 Fe^{3+}/Fe^{2+} 的比率接近磁铁矿，从而得到细晶的辉石

晶体（900℃）。若含有 TiO_2，则还原性质的玻璃中也可以产生出细晶结构。

⑦ 氟化物　F^- 对硅氧网络有显著的破坏作用，当其含量大于 2% ～ 4% 时，氟化物就会在冷却（或热处理）过程中从熔体中分离出来。形成细晶状沉淀物而引起玻璃乳浊，成为微晶玻璃的成核中心。F^- 使玻璃黏度下降，析晶温度降低，热膨胀系数增大。

⑧ 添加物　添加物一般指那些为了达到特定的目的而添加的成分，添加量不会太多。如为降低玻璃黏度加入少量氟化物、碱金属氧化物；为玻璃着色而添加着色剂镉；为形成玻璃熔融的还原气氛而添加炭粉等。

6.1.2　主晶相

微晶玻璃的性质取决于析出的晶相的种类、晶体的大小和数量以及晶相和残存玻璃相的相对比例。也就是说，微晶玻璃晶相的种类、形态及数量决定了玻璃的性能。

晶相的选择主要依据玻璃系统以及设计者对微晶玻璃性能的要求，矿渣微晶玻璃常形成的主晶相主要有以下几种。

（1）硅灰石 β-$CaSiO_3$

硅灰石 β-$CaSiO_3$ 具有典型的链状结构，抗弯强度、抗压强度较高，热膨胀系数较低。CaO-Al_2O_3-SiO_2 是硅灰石类微晶玻璃的基本系统。硅灰石类微晶玻璃最有效的晶核剂是硫化物和氟化物，通过改变硫化物的种类和数量可以制备黑色、浅色和白色的矿渣微晶玻璃。硅灰石微晶玻璃的力学性能，耐磨、耐腐蚀性能都比较优越。可以作为耐磨、耐腐蚀的器件用于化学和机械工业中。硅灰石微晶玻璃装饰板强度大，硬度高，耐候性能好，热膨胀系数小，具有美丽的花纹，是用作建筑材料的理想材料。

（2）透辉石 $CaMg(SiO_3)_2$

透辉石是一维链状结构，化学稳定性很好，耐磨性好，机械强度高。基本的玻璃系统有 CaO-MgO-Al_2O_3-SiO_2、CaO-MgO-SiO_2、CaO-Al_2O_3-SiO_2 等。辉石类矿渣微晶玻璃最有效的晶核剂是氧化铬，也常采用复合晶核剂如 Cr_2O_3 和 Fe_2O_3、Cr_2O_3 和 TiO_2、Cr_2O_3 和氟化物。ZrO_2、P_2O_5 分别与 TiO_2 组成的复合晶核剂可有效促进钛渣微晶玻璃整体晶化，成核机理皆为液相分离，主晶相为透辉石和榍石。辉石晶化能力高，其趋向于全面的同结晶的性质，使得各种阳离子轻易地构筑成晶格，因此对于合成辉石矿渣微晶玻璃来说可以采用各种组成的矿渣。

（3）含铁辉石

即 $Ca(Mg，Fe)Si_2O_6$-$Ca(Mg，Na，Al)Si_2O_6$ 固溶体或 $Ca(Mg，Fe)Si_2O_6$-$CaFeSi_2O_6$ 固溶体。含铁辉石组成玻璃最适宜的晶核剂是 Cr_2O_3，Cr_2O_3 和氧化铁一起形成尖晶石，以后在其晶体上析出主要晶相——组成复杂的单斜晶辉石。

（4）镁橄榄石 Mg_2SiO_4

镁橄榄石具有较强的耐酸碱腐蚀性、良好的电绝缘性、较高的机械强度和由中等到较低的热膨胀系数等优越性能，基本系统是 MgO-Al_2O_3-SiO_2。

（5）长石类矿渣微晶玻璃

钙长石和钙黄长石也是矿渣微晶玻璃中常用的晶相。基本系统有钙铝硅及钙镁铝硅系统。

6.1.3　成型方法

微晶玻璃的成型方法主要有浇注成型法、烧结法和压延法。

浇注法是比较成熟和简单的成型方法，其应用大都限于生产板或薄型环状制品（离心浇注法），浇注方法对于具有短的操作范围的玻璃很有用，如无碱玻璃或 CaO 含量高的玻璃。用浇注法制造微晶玻璃要注意防止基玻璃在热处理过程中软化变形。采用浇注法时，先以较慢的速度升温到成核温度并充分保温，使玻璃内部密集成核。然后继续以缓慢的速度升温，使晶体长大而玻璃坯体不变形。

而压延法可以生产大而薄的板材，可以制得具有大理石状的建筑装饰材料，又可制成耐磨、耐腐蚀、抗冲击的结构材料。林人瑞等[6]指出压延法生产矿渣微晶玻璃的成分须满足析晶上限，要低于成型温度 30℃ 以上，熔化温度不能过高且熔制条件易掌握，熔体料性要长，熔体浮渣要少，熔体黏度满足压延工艺要求等条件。

烧结法是日本在生产具有天然大理石外观的新型玻璃大理石 Neoparies 时开发的微晶玻璃成型的新方法。其工艺过程是将熔融玻璃冷淬成细小的玻璃颗粒，烘干分级后装模，然后进行热处理，脱模抛磨即可制得玻璃产品。烧结法有以下优点：①不需要通过玻璃形成阶段，避开了高温成型；②可以通过表面或界面析晶形成微晶玻璃，不必使用晶核剂；③可以生产具有大理石花纹的产品及形状复杂的产品。但烧结法要求基础玻璃在较低的黏度下具有表面析晶的能力，所以并非所有的玻璃系统都可以采用烧结法，目前采用烧结法的玻璃系统有 $CaO-Al_2O_3-SiO_2$ 系统和 $MgO-Al_2O_3-SiO_2$ 系统。

6.1.4　微晶玻璃的晶化制度

晶化制度又称为热处理制度，晶化过程包括晶核的形成和晶体的长大两个过程。热处理工艺的目的在于把基础玻璃转变为一种含有微小晶体并紧密联结起来的微晶玻璃。晶化制度决定了晶相析出的数量、形态等，对微晶玻璃的性能有很大的影响。涉及的参数有核化温度、核化时间、晶化温度、晶化时间以及加热速度等。

① 热处理过程的第一个阶段，是把玻璃从室温加热到成核温度，加热速度的主要限制是要求在玻璃制品中不要由于所形成的温度梯度产生太高的应力而导致玻璃破裂。正常的加热速度一般为 $2\sim5℃/min$，薄型玻璃制品可达 $10℃/min$。

② 最佳成核温度一般介于玻璃温度 T_g 和 $T_g+50℃$ 之间，可以通过 TEM 观测最大成核密度以确定最佳成核密度以及最佳的成核时间。

③ 从成核阶段以控制的速度提高玻璃的温度，升温速度要十分缓慢以便于晶体的生长并防止制品变形。加热速度一般不超过 $5℃/min$。

④ 微晶玻璃晶化温度的选择，是要达到最大的晶化速度而不导致材料的过分变形。晶化温度上限应低于主晶相重熔的温度（主晶相的液相线温度），在实验上可用低温炉法测定。

⑤ 在晶化温度保持一定时间（一般要 1h 以上），最后可以很快地进行冷却。

6.2　经验设计模块的建立和效果检验

6.2.1　经验设计的基本思路和实现方法

在前面对矿渣微晶玻璃设计所涉及的参数和专家知识做了简单的介绍，这些知识经过整理、规范和筛选，最后形成规则存放在专家系统的知识库（规则库）中。系统在运行过程中，按照一定的控制方法和冲突消解策略，对规则进行调用，直到得出新的设计方案或者规则用完为止。矿渣微晶玻璃经验设计的步骤如图 6-1 所示。

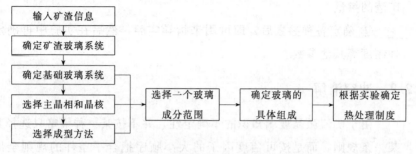

图 6-1　矿渣微晶玻璃经验设计流程

① 将矿渣的组成输入系统并保存。矿渣成分含量都是以质量百分比输入，输入的组成可以存储在文本文件中（.slg）。如果以前该矿渣的信息已经录入，可以直接从文件中调出。

② 确定矿渣的玻璃范围。根据矿渣成分分析主要成分的含量高低，并由一个专门的模块进行合适的语言表述，如当矿渣的 SiO_2 含量＞50％时，表述成"SiO_2 含量高"，CaO 含量＜18％时，表述为"CaO 含量低"等。并根据各主要成分的含量高低确定矿渣的玻璃范围。

③ 据矿渣成分所属的玻璃系统确定要设计的玻璃应属的系统。一般而言，为了充分利用矿渣成分，两者是一致的。但是用户也可以为了获得理想的玻璃性能而选择其他的玻璃系统，而矿渣只作为配合料的一部分，这样基础玻璃的玻璃系统就会与矿渣所属的玻璃系统不一样。

④ 确定主晶相。同一玻璃系统可以生成不同的主晶相，晶相的种类和性质对玻璃的最终性能影响很大甚至起着决定性的作用。因此，根据需要选择一种合适的主晶相。

⑤ 选择玻璃成分范围。对矿渣微晶玻璃进行模式分类，即将不同的玻璃系统、主晶相和成型方法对应成不同的玻璃成分范围。在知识库中形成"参数-组成范围"对。如：

（$CaO-Al_2O_3-SiO_2$＋浇注成型法＋透辉石＋CaO 含量高)-(玻璃范围-1)

（$CaO-Al_2O_3-SiO_2$＋浇注成型法＋硅灰石)-(玻璃范围-2)

这样，根据前面确定的各种参数，选择一个玻璃成分范围。

⑥ 确定基础玻璃成分。以玻璃成分范围为参照，决定合适的基础玻璃成分。在确定基础玻璃组成时，要充分考虑最大限度地利用矿渣，提高矿渣的掺量。

⑦ 确定各种参数后，即可用来指导实验，然后在实验中再确定热处理制度等其他参数。

6.2.2 冲突消解

由于矿渣微晶玻璃知识的不确定性，并不按某一种策略只选择其中的某一条规则，而是按可信度因子的大小顺序把合乎条件的规则全部列出来，由用户选择使用（因为设计过程本身也是探索性的，不能一下给出最优的途径）。

6.2.3 经验模块的应用和效果检验

在这里仍采用第 5 章中的检验实例矿渣 1，这时已经不用再输入矿渣成分，只要将矿渣文件 gaolukuangzha. slg 打开即可取得矿渣 1 的组成。进行经验设计，出现如图 6-2 所示的经验设计主窗体，按照系统提示一步一步进行设计，设计步骤如图 6-1 所示，最后得到玻璃成分范围选择界面，如图 6-3 所示。

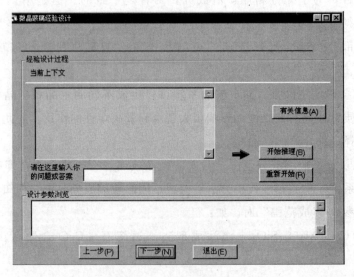

图 6-2 经验设计主窗体

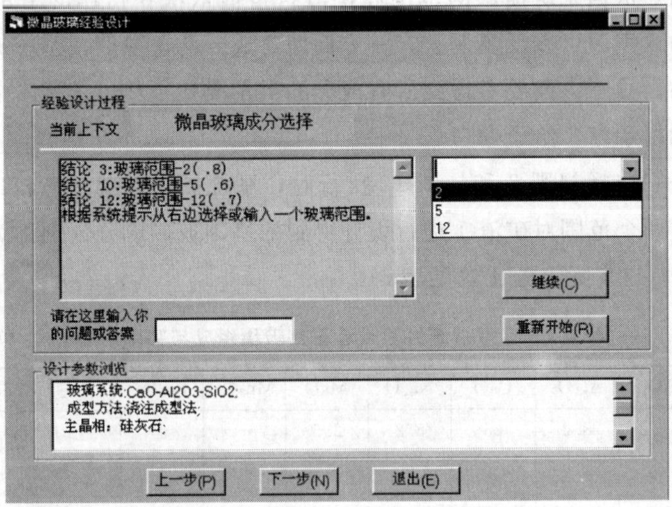

图 6-3　玻璃成分范围选择界面

在图 6-3 中，可以在参数浏览栏中看到已经获得的设计参数。在结论框中，系统根据推理的结果列出了被激活的规则（即匹配成功的规则）及该规则的结论部分，在后面附有一个可信度因子，选择可信度因子最大的规则 3 执行，出现一个组成确定窗口（组成含量数据输入窗体），如图 6-4 所示，详细列出了由规则 3 获得的结论"玻璃成分范围-2"对应的玻璃成分范围值，并在窗口的下半部列出了系统建议的矿渣最佳掺量以及该掺量下矿渣贡献的组分含量。

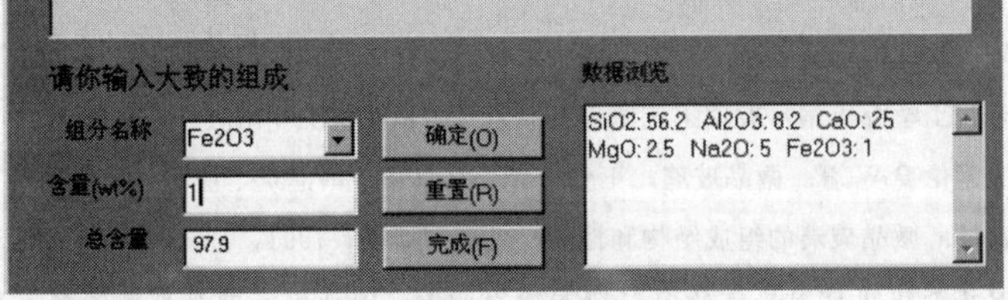

图 6-4　组分含量数据输入窗体

用户依据系统提供的范围和矿渣含量值依次在窗体的下部输入成分值，输入完后可以反复调整，一方面使各成分的含量值在系统提供的成分范围内；另一方面要考虑到所有成分的重量要接近 100（窗体中都提供了相应的提示窗口给予参考）。

分别选择规则 3 和规则 12 执行时，系统提供玻璃参考范围 2 和 12，依照这两个范围对矿渣 1 进行设计得到的基础玻璃成分分别称为设计 1 和设计 2，与实际组分比较见表 6-1。

表 6-1　专家系统经验设计基础玻璃组成与实际组成　　　单位：%

组分	SiO_2	Al_2O_3	CaO	Na_2O	MgO	Mn_2O_3	Fe_2O_3	TiO_2	ZnO	S
设计组分 1	56.2	8.2	25	5.2	2.5	—	1	—	—	—
设计组分 2	60	8.2	22	5	2.5	—	1	—	—	—
实际组分	59.23	5.14	24.81	5.44	1.47	0.26	1.12	0.40	1.93	1.24

两个设计结果与实际情况是比较符合的，只是在个别组分如 Al_2O_3 出现一定的偏差（相对误差为 0.598）。事实上，基础玻璃组分可以在一个较大的组分范围内波动，经验设计模块所获得的初始参数还要进一步调整。

6.3　小结

本章详细介绍了矿渣微晶玻璃的专家知识，分析了矿渣微晶玻璃设计各个参数之间的相互关系，对矿渣微晶玻璃经验设计过程进行分解并确定了合理的设计步骤和冲突消解策略，最后建立矿渣微晶玻璃经验设计模块，并通过实例检验证明该模块是有效和可靠的。

参 考 文 献

[1]　潘守芹等编. 新型玻璃. 上海：同济大学出版社，1992：73-126.

[2]　华东化工学院等编. 玻璃工艺原理. 北京：中国建筑工业出版社，1981.

[3]　麦克米伦 P W 著. 微晶玻璃. 王仞千译. 北京：中国建筑工业出版社，1988：97-104.

[4]　沈定坤. 微晶玻璃的组成结构和性能. 玻璃与搪瓷，1991，19（6）：26-32.

[5]　国家建委建筑材料科学研究院技术情报所编. 国外矿渣微晶玻璃资料汇编（第 1 集），1973，1-51（内部资料）.

[6]　林人瑞，段蔚荷. 压延法连续生产矿渣微晶玻璃板材的研究. 玻璃技术，1991，（3）：

9-14.

[7]　腾立东，陆德明等. P_2O_5 和 V_2O_5 对 $CaO-Al_2O_3-SiO_2$ 系统玻璃分相与析晶的影响. 玻璃与搪瓷，1995, 23 (6)：8-12.

[8]　梁开明. TiO_2 对 $CaO-Al_2O_3-SiO_2$ 系玻璃晶化机理的影响. 无机材料导报，1998, 13 (3)：308-312.

[9]　赵前，程金树. 影响微晶玻璃装饰板生产的若干因素. 武汉工业大学学报，1997, 19 (2)：27-29.

[10]　许淑惠等. 矿渣微晶玻璃产品的研究与开发. 玻璃与搪瓷，2000, 28 (2)：51-56.

[11]　张培新，林荣毅，阎加强. 赤泥微晶玻璃的研究. 有色金属，2000, 52 (4)：77-79.

第7章
系统控制模型

在前面讨论了矿渣微晶玻璃专家系统类比设计和经验设计的基本原理与方法，其中涉及规则的匹配、调用和选择。同时，在由类比方法和经验方法得到矿渣微晶玻璃设计问题的初始方案后，还要根据实际的设计问题进行修改、完善及实验验证。这样，既要明确专家知识的运用方法，又要建立起矿渣微晶玻璃的优化模型和解释模型。这些工作在构造专家系统时就是要建立系统推理及控制模型。

7.1 矿渣微晶玻璃专家系统推理方法

推理是指依据一定的规则从已知事实推出结论的过程。可简单表示成

$$R, f_1, f_2, \cdots, f_n \rightarrow C$$

式中，R 是知识库中的规则；f_n 是知识库中存储的或用户回答的部分事实；C 是通过上述命题推得的结论命题。

如在知识库中有这样的规则：

R3="如果　玻璃系统为 $CaO\text{-}Al_2O_3\text{-}SiO_2$

　　　　且　成型方法采用浇注成型法

　　　　且　主晶相为硅灰石晶体

　　　　那么　选择玻璃组分范围-2"

而同时在系统运行产生的动态知识库中生成了下列事实。

f_1：玻璃系统为 $CaO\text{-}Al_2O_3\text{-}SiO_2$

f_2：成型方法采用浇注成型法

f_3：主晶相为硅灰石晶体

则根据上面的规则，通过推理就可以得到结论命题：

C＝"选择玻璃范围-2"

其中，事实 f_1 是一个由以下规则产生的中间结论：

R39="如果　CaO 含量高

　　　　且 Al₂O₃ 含量高

　　　　且 MgO 含量低

　　　　那么 玻璃系统 $CaO\text{-}Al_2O_3\text{-}SiO_2$ "

事实 f_2 是由以下规则产生的中间结论：

R68＝"如果 玻璃系统 $CaO\text{-}Al_2O_3\text{-}SiO_2$

　　　　且 CaO 含量高

　　　　那么 成型方法采用浇注成型法 "

事实 f_3 是由以下规则产生的中间结论：

R60＝"如果 玻璃系统 $CaO\text{-}Al_2O_3\text{-}SiO_2$

　　　　那么 主晶相硅灰石"

推理网络的层次如图 7-1 所示。

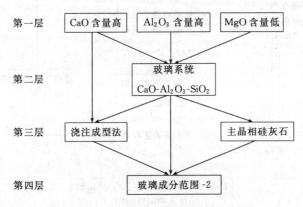

图 7-1 推理网络的层次

　　推理网络第一层包含的节点为初始节点，是由用户直接输入或间接提供的关于设计的初始信息。第二、第三层包含的节点为由系统推理得出的中间结论，它们存放在中间数据库中。第四层是要得到的结论，推理进行到此即结束，转入下一个步骤。

　　专家系统的推理过程就是知识的重组与应用过程。根据知识的驱动形式分为数据库驱动的正向推理、目标驱动的反向推理及数据与目标共同驱动的混合推理[1]。

（1）正向推理

　　系统开始运行时，用户只要提供简单的初始设计信息，系统推理机扫描规则库，将每一条规则的前提部分和这些设计信息相匹配，若匹配成功则该规则被激活（即该规则可用），系统执行这条规则的结论部分，从而可以产生新的可用信息。新的信息和初始信息一起作为设计信息，重复以上过程。直到产生要达到的结论或所有匹配条件均用完为止。这个过程叫做正向推理过程，或者叫做数据驱动控制推理。如图 7-1 所示就是一个正向推理网络。矿渣微晶玻璃专家系统中经验设计模块采用的就是正向推理方法，其流程如图 7-2 所示。

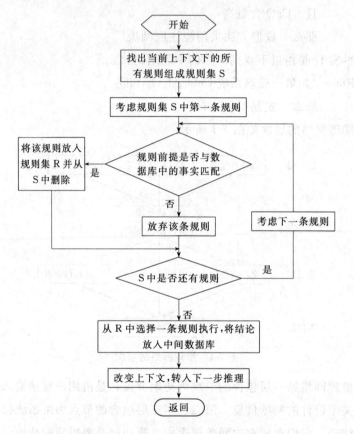

图 7-2　经验设计模块的推理流程图

（2）反向推理

选定一个目标，然后在知识库中查找能导出该目标的规则集，若这些规则中的某条规则前提与数据库匹配，则执行该规则，否则，该规则前提为子目标，递归执行上述过程，直到总目标被求解或者没有能导出目标的规则为止。

在反向推理过程中，一开始是用目标与规则的结论部分进行匹配，而不是用已知事实与规则进行匹配，如果目标和结论匹配，当某条规则的所有条件均能与所有观察事实相匹配时，则该规则被激活，并沿着搜索经过的路径正向报告成功，从而确定结论的成立。

如有规则：

R17＝"如果　Al_2O_3 含量高

　　　　且　MgO 含量高

　　　　且　SiO_2 含量高

　　　　那么　玻璃系统 $MgO\text{-}Al_2O_3\text{-}SiO_2$"

R18＝"如果　MgO 含量高

　　　　且　铁含量中

　　　　那么　玻璃系统 $MgO\text{-}Al_2O_3\text{-}SiO_2$"

系统在运行时，首先扫描知识库找出能导出目标"玻璃系统 $MgO\text{-}Al_2O_3\text{-}SiO_2$"的规则集。当系统执行到规则 17 时，搜索数据库中的事实，如果恰好存在事实"Al_2O_3 含量高"、"MgO 含量高"、"SiO_2 含量高"，即可推出系统可采用 $MgO\text{-}Al_2O_3\text{-}SiO_2$ 玻璃系统。如果没有则继续搜索规则 18，重复以上步骤。

在矿渣微晶玻璃专家系统中，反向推理更多地运用在参数优化模块中，参数优化模块实际上是一个关于微晶玻璃制备的咨询模块，当微晶玻璃的制备过程中出现问题或玻璃的性能不能达到要求时，用户可以将问题输入，系统会应用知识库中的诊断规则，通过反向推理给出产生该问题可能的原因，并对参数调整提出建议，用户还可以根据系统提供的解释调整设计参数，使设计方案得到优化。

当然，依据反向推理过程的原理，若系统建议修改的参数只是系统运行过程中产生的中间数据，则可以将该参数作为新的问题输入系统，继续推理。

如有规则：

R74＝"如果　烧结法

　　且　Al_2O_3 含量低

　　那么　烧结困难"

规则说明：Al_2O_3 含量过低时，可以导致烧结过程中玻璃析晶速度过快，引起烧结中流动性差，使烧结困难。

R67＝"如果　玻璃系统 $CaO\text{-}Al_2O_3\text{-}SiO_2$

　　且　CaO 含量低

那么　烧结法"

规则说明：①CaO-Al$_2$O$_3$-SiO$_2$ 系统玻璃具有的表面成核和析晶性能，对该系统可以采用烧结法；②CaO 含量低使玻璃料性长，不易分相，易于烧结。

当用户输入问题"烧结困难"时，系统即将"烧结困难"作为目标，在规则中找到结论部分与目标匹配的规则，如 R74。这时用户可以适当提高 Al$_2$O$_3$ 的含量，但是如果 Al$_2$O$_3$ 含量过高，又有可能导致熔化温度升高，从而使玻璃熔融困难及使熔融炉耐火材料的腐蚀加剧。这时用户可能想知道系统为何提供了烧结法，是否可以采用别的成型方法，于是可以输入"烧结法"，系统以"烧结法"作为新的目标，在知识库中查找匹配的规则 R67，用户这时可以适当调整 CaO 含量，然后看能否采用其他的成型方法。

（3）混合推理

以数据和目标混合驱动的规则运用过程。通常由某些已知事实出发，采用正向推理，推出多种可能结论中的一种，然后再以这一结论为驱动目标，判断支持这一结论的事实是否成立。

矿渣微晶玻璃设计过程，就是运用知识库中的知识来寻求最优的设计方案，使之既能尽量提高矿渣掺量，又能得到性能优良的微晶玻璃制品。由于设计型问题的一般性质，矿渣微晶玻璃方案的设计过程也是一种"测试-反馈-修正-测试"的循环过程。所以在矿渣微晶玻璃专家系统中的推理过程也就既有由原始数据向结论方向的正向推理，也有从目标出发向依据方向进行的逆向推理，即混合推理过程。

7.2　推理控制策略

专家系统的控制策略是基于知识推理的灵魂，它决定着推理机的效率，也对推理效果有重要的影响[2]。

矿渣微晶玻璃的设计过程是基于知识的推理过程，主要解决矿渣微晶玻璃设计知识的选择和应用问题。矿渣微晶玻璃的知识很多且相当复杂，各种参数存在很强的相互影响、相互制约关系。因此，知识的选择（即控制策略）成为推理机的关键任务。推理机能否准确迅速地找到与解答有关的知识，直接影响着推理效果和效率。

以下面主要解决三个方面的问题：

① 怎样判断规则可用（规则激活）；

② 怎样选择一条规则（冲突消解）；

③ 怎样解决知识的"组合爆炸"问题。

7.2.1 规则激活

判断规则是否可用一般是一个较为复杂的问题，这里要考虑规则的表达方式和规则为真的形式。例如：

"如果　玻璃系统 $CaO\text{-}Al_2O_3\text{-}SiO_2$

那么　主晶相硅灰石"

判断该规则是否可用只要看数据库中是否有事实"玻璃系统 $CaO\text{-}Al_2O_3\text{-}SiO_2$"即可。又如：

"如果　MgO 含量高

且　铁含量中

那么　玻璃系统 $MgO\text{-}Al_2O_3\text{-}SiO_2$"

在专家系统运行初始，用户输入系统的信息只是矿渣各种组分的质量百分含量，这样该规则要求将用户输入的有关 MgO 和铁的含量与一定的条件相比较，以确定它们的含量是高、中还是低，这已经不是简单的匹配了。再如：

"如果　核化温度大于玻璃软化温度

那么　制品变形"

这条规则在系统中只是用于参数优化模块（即只用于反向推理）。如果用于正向推理，则系统一方面从数据库中查找数据和事实，以一定的模型计算"玻璃软化温度"或者向用户询问该事实，待用户通过实验方法测定玻璃软化温度后再输入系统。另一方面要将"核化温度"和"玻璃软化温度"做比较。这样，规则的判断就非常复杂了。

由此可见，算法中判断可用规则的实质就是利用数据库中的数据或事实经过某种简单或复杂的操作判定规则的前提（命题）是否为真。它与规则的表达形式紧密相关。在矿渣微晶玻璃专家系统中为了程序实现上的方便，主要应用了较为简单的匹配。这样，系统中的规则也就采用了简单的产生式系统：

如果 <事实>　那么 <结论>

在事实部分,采用的是简单的陈述句,没有比较、逻辑判断及计算等复杂的操作,这样只要将规则前提中的条件一个一个与数据库中的事实进行简单匹配,若所有条件均能匹配即激活该规则,放入可用规则集 R 中。

如前所述,用户输入的设计信息主要是矿渣成分含量,而规则中涉及矿渣信息的前提表示是"CaO 含量高"、"铁含量低"等。为了将两者联结起来,程序中专门设计了一个小的程序段来进行转换。即将矿渣某一组分的百分含量与阈值(由专家提供或统计给出)比较,根据比较结果将它们分成高、中、低,最后表述成"CaO 含量高"等形式存入中间数据库中。

显然,这种简单的匹配方法使推理过程的控制变得容易,推理速度也很快。

7.2.2　冲突消解

若规则前提中的所有条件和中间数据库中的事实相匹配,则规则激活,被激活的规则很可能不止一条,它们被存放在规则集 R 中,系统将从中选择一条规则来执行,并把规则的结论存入中间数据库。规则的选择是依照一定的策略来确定的,称为冲突消解策略。

在矿渣微晶玻璃专家系统中,采用的冲突消解策略在类比设计和经验设计部分已经做了介绍。

7.2.3　知识的"组合爆炸"问题

矿渣微晶玻璃材料设计的过程复杂,影响因素众多,各种参数之间有很强的相互联系和影响。这导致矿渣微晶玻璃材料设计的规则也比较丰富和复杂,很容易出现规则的组合爆炸,大大降低了系统推理的效率。为此,本系统采用了解空间分解的策略。

通常,对一个大的总任务 G,总可以分解为几个小的子任务 G_1, G_2, …, G_n,这些子任务完成后,总任务也就完成了。同样子任务 G_1, G_2, …, G_n 中的任一 G_k 又可以分解为更小的子任务 G_{k_1}, G_{k_2}, …, G_{k_n},依此类推,这一过程称为任务的分解。任务的分解使系统访问知识库的时间减少,并可针对不同的问题采用不同的方法。事实上,各子问题间往往是相互联系和制约的,而且各子问题的求解顺序对问题的求解速度和准确度都有影响[3]。

在矿渣微晶玻璃的设计问题上，将整个设计过程进行了分解，分为"玻璃系统确定"、"主晶相确定"、"晶核剂确定"、"成型方法确定"、"玻璃成分范围确定"以及"基础玻璃成分确定"等几个子问题。可以看到，各个子问题之间是相互影响的，如下面的两条规则，晶核剂可以影响主晶相的选择，而主晶相也影响晶核剂的选择，这样就可能导致规则的无效循环，降低了推理效率。

R61="如果 玻璃系统 CaO-Al$_2$O$_3$-SiO$_2$

且 晶核剂 Cr$_2$O$_3$

那么 主晶相透辉石"

R92="如果 主晶相透辉石

那么 晶核剂 Cr$_2$O$_3$"

而将整个设计问题进行分解后，将每一个子问题都置于一个上下文下，按照如图 6-1 所示的顺序进行求解，推理机只搜索和匹配当前上下文下的规则。当一个子问题完成后，即改变上下文进入下一个子问题，依此类推，直到设计完成。进行空间分解避免了推理机每次都要搜索规则库中的所有规则，防止了规则的循环执行，提高了系统的运行效率。

7.3 解释策略

矿渣微晶玻璃专家系统经验设计模块和优化模块仍采用了基于规则的推理技术，使得系统可以具备解释功能。解释功能使专家系统的系统行为和系统自身能被用户理解，从而提高系统的透明性。系统良好的透明性不仅有助于提高系统的可接受性，也有利于系统的调试和维护。常用的解释方法有预制文本法、执行跟踪法、策略解释法及自动程序员法等，主要采用预制文本和执行跟踪法，分别用来回答用户提出的"why"和"how"两类问题。

7.3.1 预制文本法

预制文本法是非常简单的解释方法，该法将问题答案预先用自然语言写好插入程序中，通过显示这些文本来回答用户的提问。这种方法的主要优点是解释简单明了，但也有很大的局限性：一是由于程序代码和解释代码的文本可以独立变化，使得维护两者之间的一致性工作变得困难；二是对于用户可能的提问，系统必须预先安排答案，这对于大型系统来说是相当困难的。

在矿渣微晶玻璃专家系统中，主要向用户解释的是两类问题：一类是"why"，说明为什么得到这个结论，其实质是对获得该结论的规则的解释；另一类是"how"，说明是怎样得到这个结论的，其实质是追踪获得该结论的推理路线。预制文本法就是解决第一类问题的。根据这个分析，将预制文本法做了适当的改变，即不将预制文本直接插入程序代码中，而是附带在规则中。如在第 3 章所介绍的，规则的形式是：

〈上下文〉〈规则号〉〈事实 1〉〈事实 2〉⋯⋯〈事实 5〉

〈结论〉〈CF〉〈规则说明〉〈规则来源〉

其中〈规则说明〉部分实际上就是系统用以解释的预制文本，例如由规则 R67 获得结论"烧结法"后，用户想了解系统为何推荐这个结论，则可以输入"why-67"，推理机即在解释区域显示如下信息：

"①CaO-Al_2O_3-SiO_2 系统玻璃具有的表面成核和析晶性能，对该系统可以采用烧结法；②CaO 含量低使玻璃料性长，不易分相，易于烧结。"

可见，通过这种改进，预制文本不再插入到程序代码中，其维护归结为对规则的维护，只要保持规则的正确性，就可以保证解释的正确性，这对于一个大型的系统也是容易做到的。

7.3.2 执行跟踪法

执行跟踪法是通过对程序执行过程进行跟踪，说明系统是如何得出结论的。即通过推理过程的重新构造说明系统的动作。也即在 7.3.1 中提到的关于"how"的问题。这种方法的优点是解释简单，易于实现，根据跟踪记录的结果可以对一个结论的来源给出清楚的解释。

如应用规则 R67 得出成型方法应采用烧结法的结论后，用户想知道这个结论是如何得到的，输入"how-67"，系统即找到规则 R67，在解释区域显示如下信息：

"根据规则 43　玻璃系统 CaO-Al_2O_3-SiO_2

根据用户输入　CaO 含量低

因此由规则 67　烧结法"

这时，用户可以用 why-67 查看规则的解释，也可以输入"how-43"继续询问系统如何得到中间结论"玻璃系统 CaO-Al_2O_3-SiO_2"，系统会继续回溯到上一步做出解释。

矿渣微晶玻璃专家系统采用这两种解释方法，使专家系统具有一定的透明性，使用户可以对系统推理的方法和策略有所了解，也方便了知识工程师和领域专家对导致系统出错的原因进行检查及分析，并进行改正，使系统不断完善。

7.4 小结

推理是专家系统的重要组成部分，合理的控制策略是系统有效运行的基础，本章建立了矿渣微晶玻璃专家系统的推理模型及推理、冲突消解、系统解释的控制策略，为系统有效运行以获得合适的材料设计方案提供了有力保障。

参 考 文 献

[1] 何新贵. 知识处理与专家系统. 北京：国防工业出版社，1990：155-216.

[2] 张全寿，周建峰. 专家系统建造原理及方法. 北京：中国铁道出版社，1992：77-126.

[3] 林尧瑞，张钹，石纯一. 专家系统原理与实践. 北京：清华大学出版社，1987：156-160.

第8章
矿渣微晶玻璃材料设计系统

8.1 材料设计系统整体框架

8.1.1 材料设计系统主页

材料设计系统分为 6 个模块，如图 8-1 所示，主页链接：http：//cms. szu. edu. cn/slagpro/index. asp。在首页，展示了本网站的整体架构，有用户登陆、本站公告、统计、最新文章、消息、相关讨论、本站访问统计和友情链接。同时还增加了一个小论坛，给用户和管理员相互交流及用户与用户之间互相交流提供了平台。本站的主体部分是人工神经网络、专家系统和分子动力学模拟。本站主体部分都已经设置权限，加了一个对话框，审核用户的身份合法性，合法用户的姓名和密码事先已经存储在数据库表中，当用户通过

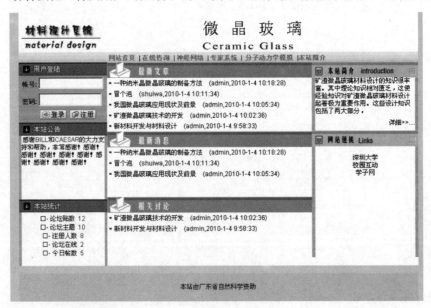

图 8-1 材料设计系统主页

身份验证后，就可以进入系统的其他模块。同时限制匿名用户查询主体部分的内容，只有用户注册了账号才能浏览特定的内容。当匿名用户尝试浏览主体部分的内容时，系统会自动检测用户是否已经注册或已经登陆了本站，这时 SQL 会自动搜索账号，如果没有，则要求他登陆或者注册账号后登陆，然后再通过权限进行用户的资料管理，管理员就可以掌握用户的注册资料。

8.1.2　权限验证系统

本系统使用较为简单的权限认证、授权功能。用户如果没有登陆系统、经过系统的认证、授权，系统会自动将界面指定到登陆界面。用户在登陆界面输入账号和密码后，系统会到后端的数据来源对比是否有此账号和密码，然后根据登陆用户的权限进行授权、进入到相应的界面。否则用户将无法进入管理界面。用户权限细分为：匿名用户、一般用户、管理员三种，每种权限的用户具有特定的权限。

① 匿名用户　匿名用户不需经过系统认证、授权即可浏览系统界面，但是只能浏览新闻、论坛介绍信息。

② 一般用户　可以对数据进行浏览、查询等操作，必要的话，管理员可以下放管理数据权限给用户，用于删减数据，可以进入论坛发帖子，互相交流，可以浏览本站的主体部分：人工神经网络、专家系统、分子动力学模拟。

③ 管理员　具有整个系统的最高权限，增减数据、删除帖子、修改用户权限、删除用户账号等所有能够利用系统进行操作的权限。

8.2　在线咨询界面

在线咨询模块如图 8-2 所示，只要用户在首页登陆网站，就进入此模块，用户的默认状态是在线，可以将登录状态修改为隐身状态或者重新登陆；进入用户控制面板可以进行发短信，浏览自己发表或者参与的主题，修改自己的基本资料、用户密码，编辑好友列表，管理、上传文件等；进入搜索页面可以输入关键字，选择主题作者或关键字或发表日期等搜索需要的帖子；进入自选风格可以设置页面的颜色风格等；进入论坛状态可以查看今日帖数、总帖数、在线情况图例等；进入论坛展区可以浏览文件、图片、音乐等；进入回收站页面可以查看被管理员删除的帖子等。普通用户可以在这个功能强大的留言板上发帖子，互相进行提问和解答，层次清

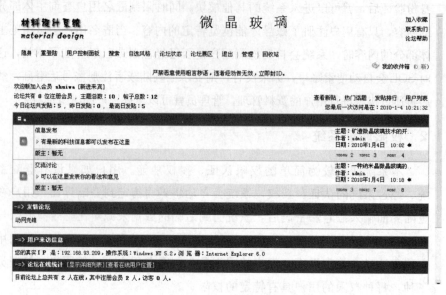

图 8-2 在线咨询界面

晰，功能非常强大，支持贴图功能，易于浏览和表达。

管理员除具备一般用户所具有的如上权限以外，还有一个权限就是管理。主要包括常规设置、论坛管理、用户管理、主题和帖子设置、外观设置、替换/限制处理、数据处理、文件管理，其具体管理内容如图 8-3 所示。

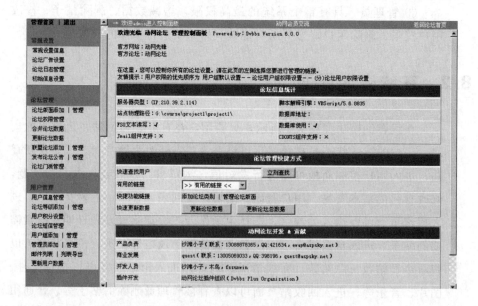

图 8-3 管理员管理界面

8.3 神经网络

矿渣微晶玻璃神经网络模块可调出人工神经网络模块进行性能预测和参数优化。

8.4 分子动力学模拟

分子动力学模拟模块暂时没有网络化，请继续关注和支持材料设计系统网站。

8.5 专家系统界面

（1）数据库的建立

本数据库采用 SQL Server 2000 创建，利用更优化的 SQL 查询语句对原有数据进行设定、查询、修改。

数据表分为：中间数据库、关键字表、微晶玻璃、微晶玻璃典型组成、微晶玻璃成分范围、条件表、矿渣成分、结论表、规则库和诊断规则库。

（2）数据库事务处理系统

数据库事务处理系统主要包括了数据的查询、修改、添加以及查询结果的保存功能。数据包括微晶玻璃、矿渣成分、微晶玻璃典型组成成分、微晶玻璃成分组成范围四个数据表。

在数据查询上，可采用任意条件、多条件综合查询，从而实现了智能检索和再检索功能。这样用户能够根据自己的实际需要查询到精确的数据。得到查询的结果后，用户还可以根据自己的需要对相应的性质进行动态排序。在数据添加方面，系统能够根据用户选择的成分类别动态产生相应的功能显示录入文本框。管理员可以设置增减数据的用户权限，可以限制和下放到普通用户使用。如果用户所添加的数据已经存在，系统能够自动判断并提示，当数据添加成功后，系统自动刷新页面，更新最新的数据。

（3）类比设计和经验设计

可进行矿渣微晶玻璃类比设计和经验设计，有关设计过程前面第 5 章和第 6 章已有论述。

8.6　矿渣微晶玻璃材料设计系统的应用

基于前面各章介绍的知识和原理，初步建立了基于网络的矿渣微晶玻璃神经网络专家系统，提供了矿渣微晶玻璃材料设计的基本功能。系统已经建立的各种模型和知识库可以在一定程度上满足一般矿渣微晶玻璃材料设计问题的需求，同时为了提高系统对特定材料设计问题的适应性，可以通过向系统提供特定的数据来实现系统有指导的学习，进而实现系统功能的提高和完善。

为了介绍系统应用的过程并检验系统的运行效果，采用一个预留的微晶玻璃设计实例对矿渣微晶玻璃神经网络专家系统进行检验。该设计实例选自《国外矿渣微晶玻璃资料汇编（第 1 集）》[1]。其中使用的矿渣为高炉矿渣，组成状况见表 8-1，为了叙述上的方便，本书中称之为矿渣 2。

该矿渣是高炉矿渣（炼铁工业的副产物），每炼 1t 铁将产生 0.8t 高炉矿渣。急冷使之玻璃化，利用其潜在水硬性制造各种矿渣水泥，以及用来制造矿渣砖、轻骨料和矿渣棉。高炉矿渣产量巨大，价格极为低廉，如果能成功开发作为微晶玻璃原料，将会带来巨大的经济效益和社会效益。

表 8-1　矿渣 2 的化学组成

组成	SiO_2	Al_2O_3	FeO	MnO	CaO	MgO	S	TiO_2
含量/%	31.08	17.81	0.99	0.82	41.75	4.85	1.12	0.77

8.6.1　材料设计过程

矿渣微晶玻璃专家系统是完全根据材料设计专家进行矿渣微晶玻璃材料设计的过程而设计的，因此系统的功能和运行过程是容易理解的。系统界面清晰简洁，全中文提示，操作基本上都是通过菜单提示选择。

关于材料设计的类比模块和经验模块的应用在前面已经做了详细介绍，这里应用类比设计方法获得初始参数，与实际参数比较见表 8-2，组成比较见表 8-3。

表 8-2　矿渣 1 的设计参数和实际参数比较

项　　目	设计参数	实际参数	说明
玻璃系统	$CaO\text{-}Al_2O_3\text{-}SiO_2$	$CaO\text{-}Al_2O_3\text{-}SiO_2$	一致
主晶相	硅灰石	硅灰石	一致
晶核剂	硫化物	硫化物	一致
成型方法	浇注成型法	浇注成型法	一致
熔融制度	加料温度 1350℃，澄清温度 1480℃，保温 2h，浇注成型后 660℃ 退火。熔制气氛为还原气氛	—	
晶化制度	核化温度 650℃，时间 1h；晶化温度 850℃，时间 1.5h	780～830℃ 保持 3h，1000～1100℃ 保持 3h	不一致

在表 8-3 中所列的实际情况部分，表明矿渣 2 应用于 $CaO\text{-}Al_2O_3\text{-}$ SiO_2 系统时其基础玻璃组成有一个较大的选择范围，玻璃组成 1～5 是在这个选择范围内的确定的具体组成，作为实验例子制得了微晶玻璃制品并测试了性能，可以看到对矿渣 2 进行类比设计所得的参数与实际非常一致，基础玻璃组成也在允许的范围之内，并且比较接近于玻璃组成 1 和玻璃组成 2。但是在晶化制度上出现了较大的偏差，在第 5 章中已经说明，根据矿渣微晶玻璃知识，这种情况是可以接受的。

表 8-3　设计基础玻璃组分与实际组分比较

项目		组　分/%					晶核剂	热膨胀系数 /$\times 10^{-7}$℃$^{-1}$	抗折强度 /(kg/cm²)
		SiO_2	Al_2O_3	CaO	MgO	Na_2O			
	范围	40～70	5～15	15～35	2～12	2～12	0.5～10	—	—
实际情况	1	55.0	6.6	23.8	6.1	5.5	3.0	98	2800
	2	53.5	6.4	22.4	6.0	5.7	6.0	98	2100
	3	64.4	6.4	16.0	2.3	2.9	3.0	86	2200
	4	64.0	5.0	16.2	2.5	5.0	7.3	90	2400
	5	43.2	11.5	27.0	7.0	7.3	4.0	94	2500
设计情况		54	7	26	4	6	3		

注：1kg/cm² ＝ 0.098MPa。

8.6.2　人工神经网络预测

上面用类比设计法获得了矿渣 2 应用于矿渣微晶玻璃的初步设计参数，但这些参数只是初步的，需要进一步优化，下面先用人工神经网络对系统提供的基础玻璃组成所具有的玻璃性能进行预测。

在主页上调出人工神经网络模块，其界面如图 8-4 所示。

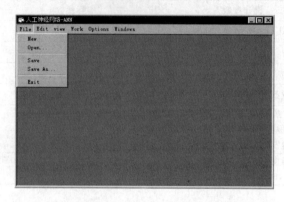

图 8-4　人工神经网络界面

人工神经网络界面上包括了 File、Edit、View、Work、Option、Windows 共 6 个一级菜单。

① File 菜单　包含文件的新建、打开、保存、另存为、退出。

② Edit 菜单　提供网格（训练样本输入网格和预测样本输入网格）行列数动态增减。

③ View 菜单　查看训练样本、误差分布、网络权值和预测结果。

④ Work 菜单　最主要的操作菜单，提供标准化（Normalize＋Lock）、反标准化（DoNormalize＋Unlock）；网络训练，预测样本输入及进行预测等操作。

为了保护数据，样本数据标准化后即被锁定（Lock）以免误操作改变数据。如要修改数据必须反标准后才可进行。

⑤ Option 菜单　提供标准化方法、训练误差、中间层节点以及最大迭代次数等参数。这是通过两个子窗体进行，如图 8-5 和图 8-6 所示。

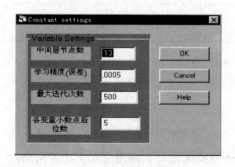

图 8-5　参数设置子窗体

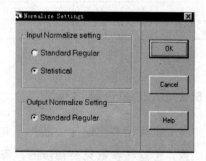

图 8-6　标准化方法设置子窗体

⑥ Windows　提供窗体的堆放方式 Cascade 和 Tiles。

选择表 8-3 中玻璃实例 1、2、3、5 为训练样本，4 为检验样本对网络进行训练。将训练样本输入网络中，网络采用 6-13-1 结构，学习精度（训练误差）取 0.0005，最大的迭代次数取 500，输入参数采用统计标准化法，输入参数用标准化方法并转换到 [0.25，0.75] 区间。标准化后的情况如图 8-7 所示。训练后的结果如图 8-8 所示。

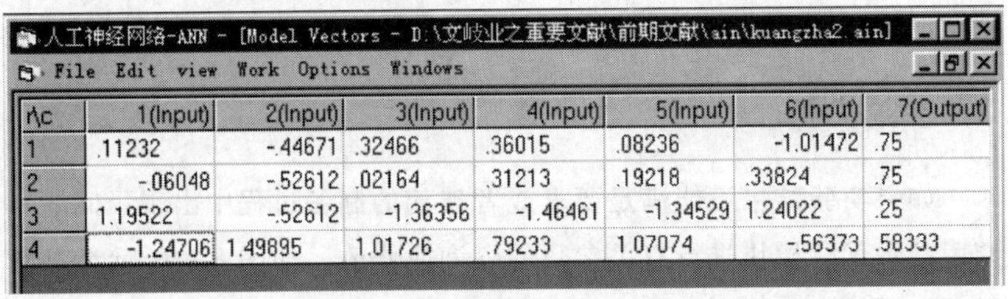

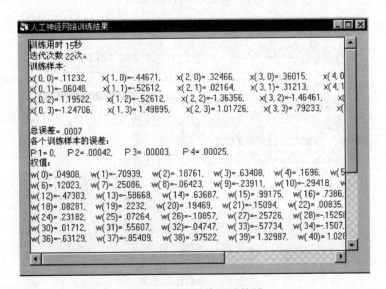

图 8-7　训练样本标准化结果

图 8-8　神经网络训练结果

将检验样本 4 和系统所得的基础玻璃组成输入网络进行检验和预测，其结果列于表 8-4。可以看到，网络的训练效果很好，特别是热膨胀系数达到了很高的预测精度。但训练样本毕竟太少，网络仍不可能完全掌握该系统组成和性能之间的信息，在预测抗折强度时相对误差有所变大。可以预计，随着训练样本的增多，网络的预测性能一定会得到进一步的改善。

表 8-4　网络对样本性能的预测值

项　目	热膨胀系数/$\times 10^{-7}$℃$^{-1}$		抗折强度/(kg/cm^2)	
	预测值	相对误差	预测值	相对误差
样本 4	89.53	0.0052	2167.29	0.096
矿渣 1	94.62	——	2878.04	——

注：1kg/cm^2=0.098MPa。

对材料设计模块提供的初始参数进行预测和比较后，认为已经达到了满意的效果，可以形成设计方案并输出给用户进行实验验证。

8.6.3　参数优化

如果实验结果不能满足要求或者玻璃的制备过程中出现了问题，可以调用参数优化模块进行有关参数的咨询或修改。如图 8-9 所示为参数优化界面，系统会根据用户遇到的问题向用户提出几个问题，然后给出一个调整参数的建议，并给出关于该建议的详细说明。

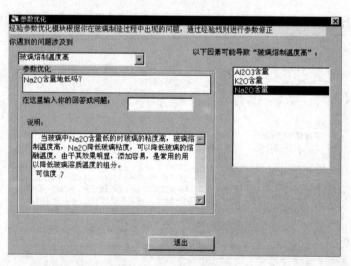

图 8-9　参数优化模块

用户可以根据系统的建议修改参数，由于该优化模块中的诊断规则不多，对参数优化的作用还是有限的，高级用户也可以根据自己的经验进行调整，随着系统的完善和规则的不断增加，其效果会得到进一步提高。调整后的设计方案再用来指导实验，如此反复直到得到合适的设计效果为止。最后，用户把该设计方案作为一个实例添加到系统知识库中，到此，整个设计过程结束。

8.7 小结

本章通过介绍矿渣微晶玻璃神经网络专家系统中具体矿渣的设计过程，详细说明了各个模块的功能和整个系统的运行过程。实验证明整个系统结构设计合理，运行效果良好，具有进行矿渣微晶玻璃设计的初步功能。整个系统的开发是成功的，并在理论和实践上都有一定的价值。

参 考 文 献

[1] 国家建委建筑材料科学研究院技术情报所编. 国外矿渣微晶玻璃资料汇编（第1集），1973，133-136（内部资料）.

第9章
CaO-Al$_2$O$_3$-SiO$_2$ 系微晶玻璃分子动力学模拟

9.1 分子动力学模拟概述

分子动力学模拟可以分为经典的分子动力学模拟（molecular dyamics，MD）和基于量子理论的从头算分子动力学模拟（ab-inito MD）。

基于量子理论的计算虽然严格而且清晰，但是用这种方法来处理大分子体系时，就会面临几个非常严重的问题。首先，体系的薛定谔方程无法严格求解，能够严格求解的只有单电子体系，比如氢原子。像氦原子和氢分子这样简单的双电子体系，其薛定谔方程都无法严格求解，更不用说大分子体系了。一个很自然的想法就是把体系能量表达为构象的一个含参数的经验公式，然后用实验或者量化计算的结果来拟合公式中的经验参数，这样的公式称为力场函数，公式中待拟合的经验参数称为力场参数。通常情况下，这个经验公式包括下面几个能量项：键伸缩能、键角弯折能、共面角扭转能和非键相互作用能，某些经验公式中还包括交叉作用项。虽然分子力场方法的原理很简单，但是它确实可以预测化合物的构型。分子动力学方法就是在原子相互作用采用某一力场、某一参数的情况下，采用动力学的方法，不断调整体系构型使得体系的构型稳定。

分子动力学模拟方法是研究复杂体系的有力工具，一个 1000 个原子的小体系不仅可以模拟某些宏观性质，而且可以模拟实验室很难达到的极端条件。这种计算机实验能够观察到目前物理实验难以观察到个别原子、原子基团的结构和动力学行为，其结果可以指导实验设计和解释实验结果。

分子动力学模拟方法详见文献 [1～5]，经典分子动力学模拟方法通常是研究一定体积中的 N 个粒子的体系[6,7]，用经典的运动方程计算各瞬间粒子的位置和速度，从而系统的结构、热力学和动力学性质就可用统计方法求出。

9.1.1　初始构型

初始构型通常是晶体结构或随机构型，起始所采用的结构在弛豫时间较短时对结果会产生重要影响。当弛豫时间足够长时，运算过程中会逐步"忘却"起始构型，选取上一次计算的构型作为初始构型会节省计算时间。

9.1.2　初始速度

初始速度可以随机设置，也可以采用 Maxwell 速度分布函数，形式如下[8]。

$$v_x^0 = \left[-\frac{2kT_0}{m}\ln(\text{RADN1})\right]^{\frac{1}{2}}\cos(2\pi\text{RAND3}) \tag{9-1}$$

$$v_y^0 = \left[-\frac{2kT_0}{m}\ln(\text{RADN1})\right]^{\frac{1}{2}}\sin(2\pi\text{RAND3}) \tag{9-2}$$

$$v_z^0 = \left[-\frac{2kT_0}{m}\ln(\text{RADN2})\right]^{\frac{1}{2}}\cos(2\pi\text{RAND4}) \tag{9-3}$$

式中，RAND 均为随机数。

9.1.3　周期边界条件

由于计算机的运算能力有限，模拟计算系统的粒子不可能太大，这就会导致模拟系统粒子数小于真实系统的所谓"边界效应"问题。在具有自由边界的三维 N 个粒子的体系中处于界面的分子数正比于 $N^{-1/3}$，为了模拟准真实体系，减少分子动力学模拟系统中粒子数小于真实系统中粒子数而带来的尺寸效应，一般采用周期边界条件（periodic boundary conditions，PBC），周期边界条件是将一定数量的粒子 N 集中在一定的容积 V 中，这个容积 V 称为 cell，cell 周围的部分可以看做是 cell 的复制，称作 cell 的镜像。这些镜像的尺寸和形状与 cell 完全相同，并且每个镜像所包含的 N 个粒子都是 cell 中粒子的镜像，原胞在各个方向上周期复制便形成了宏观物质样本。这样只需根据原胞周围的边界条件计算原胞内粒子的运动，因而可以大幅度减少工作量。

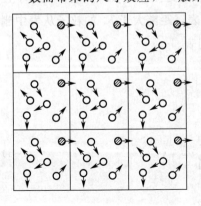

图 9-1　周期边界条件示意图

以二维周期边界条件为例简单说明周期边界条件的基本原理。图 9-1 中，每个原胞就是一个立方格子，正中间的格子为初始原胞，周围的格子为镜像。周期边界条件假设离开原胞的原子马上被进入原胞的镜像原子代替，即如果一个原子离开原胞来到一个镜像，那么就有一个原子从相反的镜像进入到中间的原胞。周期边界条件的数学表达式为：

$$A(x) = A(x + nL) \tag{9-4}$$

式中　　n——任意常数；

　　　　A——任意可观察量；

　　　　L——周期边界长度。

在实际操作中可用一个取整函数实现，如距离 r_{ij}：

$$r_{ij}^{\text{NI}} = r_{ij} - R_{\text{BOX}} \text{NINT} \left(\frac{r_{ij}}{R_{\text{BOX}}} \right) \tag{9-5}$$

式中　　R_{BOX}——体系的边长；

　　　　NINT——取整函数。

9.1.4　截断

每两个粒子就要计算一次势能以及与此相关的一系列运算，计算量与 N^2 成正比，如果计算一个 N 比较大的体系计算量巨大。而很多势函随距离的增加衰减很快，当到达一定距离后其影响几乎可以忽略。这样在理论上就可以采用最短截断距离 R_c，一般可选取 $R_c = R_{\text{BOX}}/2$。如果 R_c 不严格为零，可采取尾部修正的办法。也可以采用邻域列表法判断粒子的分布情况，进一步减少计算量。这种方法主要是建立一个表，判断哪些粒子在 R_c 的范围内，每隔一定时间更新一次列表，距离大于 R_c 的粒子从表中删除，新的粒子进入到 R_c 的范围，加入列表。

9.1.5　温度的控制

所需温度：

$$T(t) = \frac{1}{k_b N_{\text{dof}}} \sum_{i=1}^{N_{\text{dof}}} m_i \mid v_i \mid^2 \tag{9-6}$$

实际体系中的温度：

$$T = \frac{m \langle v_a^2 \rangle}{k_b} \tag{9-7}$$

式中　k_L——玻尔兹曼常数；

　　　N_{dof}——体系的粒子数；

　　　$<v_a^2>$——平均速度；

　　　T——温度。

所以可以用因子 $[T/T(t)]^{1/2}$ 来调整所有粒子的速度以达到所需温度[9]。

9.1.6　MD 势函数

势函的选取是分子动力学中最重要的，是模拟成败的关键。

体系的总能量包括动能和势能。势能是成键原子能量和非成键原子能量的加和。成键原子能量由键伸缩能、键角面内弯曲能、二面角扭转能和原子的中心排斥能四项组成，而非成键原子能量即范德华能量。

1986 年，Tersoff 提出了一种类似 Morse 势形式的三体势（T$_1$ 势）[10]，1988 年和 1999 年又进行两次修改（T$_2$ 势[11]和 T$_3$ 势[12]），不过此势函主要是针对 IV 族共价体系提出的，适用于有机化合物以及由它所形成的物质。在 Tersoff 势函数中，其相互作用与周围粒子有关，总能量 E 和相互作用势 V_{ij} 为

$$E = \sum_i E_i = \frac{1}{2} \sum_{i \neq j} V_{ij}$$

$$V_{ij} = f_c(r_{ij})[f_r(r_{ij}) + b_{ij} f_a(r_{ij})] \tag{9-8}$$

式中　f_r——排斥势；

　　　f_a——吸引势；

　　　f_c——截断函数；

　　　b_{ij}——吸引势系数项，其值不仅依赖于粒子之间的位置，而且还与相邻键长之间的夹角有关。

镶嵌原子势（embedded atom method，EAM 势）[13~15]：美国 Sandia 国家实验室的研究人员 Daw 和 Baskes 依据准原子概念和密度泛函理论，得出的一个能较好地描述过渡金属各种性质的新方法。根据该理论，由 N 个原子构成的体系，其总能量可以表示成镶嵌原子能量与偶势之和。

$$E = \sum_i F(\rho_i) + \sum_{ij} \phi_{ij}(r_{ij}) \tag{9-9}$$

式中　ρ_i——i 处的电子密度；

　$F(\rho_i)$——i 处镶嵌原子能；

　　ϕ_{ij}——i 和 j 原子之间的偶势。

Lennard-Jones（LJ）势能很好地表征金属单质和一般流体的相互作用。

$$V(r)=4\varepsilon\left[\left(\frac{\sigma}{r}\right)^{12}-\left(\frac{\sigma}{r}\right)\right] \tag{9-10}$$

Born-Mayer-Haggins（BMH）势：BMH 势能很好地表征碱金属卤化物、碱土金属卤化物等离子结合型物质的原子间相互作用。

$$V_{ij}(r)=b\left(1+\frac{Z_i}{n_i}+\frac{Z_j}{n_j}\right)\exp\left[\left(\frac{r_i+r_j}{\rho}\right)\right]e^{\frac{-r}{\rho}}+\frac{Z_iZ_je^2}{r} \tag{9-11}$$

修正 BMH 势[16]：

$$V_{ij}(r)=b\left(1+\frac{Z_i}{n_i}+\frac{Z_j}{n_j}\right)\exp\left[\left(\frac{r_i+r_j}{\rho}\right)\right]e^{\frac{-r}{\rho}}+\frac{Z_iZ_je^2}{r}\mathrm{erfc}\left(\frac{r}{nL}\right) \tag{9-12}$$

F. H. Stillinger 和 T. A. Waber 在 1985 年提出 Stillinger-Waber（SW）势，此势函主要考虑了多体力（如三体力、四体力），适合于描述共价键结合的有机分子和二氧化硅等氧化物[17]。

$$V(r)=\begin{cases}8.56138\varepsilon\left[\left(\frac{\sigma}{r}\right)^3-\left(\frac{\sigma}{r}\right)\right]\exp\left[\frac{1}{\frac{r}{\sigma}-1.8}\right] ,& \frac{r}{\sigma}<1.8\\[2mm] 0 ,& \frac{r}{\sigma}>1.8\end{cases} \tag{9-13}$$

Pouling 势：

$$V_{ij}(r)=\frac{\alpha_{ij}}{r^n}+\frac{Z_iZ_je^2}{r} \tag{9-14}$$

Morse 势：

$$V(r)=\varepsilon\{\exp[-2\alpha(r-r_0)]-2\exp[-\alpha(r-r_0)]\} \tag{9-15}$$

9.1.7　相关算法

① Gear 算法是一种最基本的方法，即先用泰勒公式展开，由 $\{r_i^n\}$ 得到 $\{r_i^{n+1}\}$，随后计算力、位置和速度。

② Verlet 算法的主要特点是计算过程比较方便，也是用得比较多的一种方法。

③ Summed Verlet 算法[18]比一般的 Verlet 方法计算动态行为的准确

度高。此算法中描述原子位置时是描述的第 $n-1$ 步，第 n 步与第 $n+1$ 步的。而描述速度原子速度时是描述的 $n-0.5$ 步与第 $n+0.5$ 步的[19]。

④ 蛙跳（Leap Frog）算法是 Verlet 算法的一种衍生算法，这种算法可以提高精确度，但比 Verlet 算法多花时间。

⑤ Ewald 求和方法[20,21]是长程库仑作用势求和的有效方法，计算时常截取近似值，这对硅酸盐玻璃结构的影响不大。

⑥ Nordsieck 算法[22]：大系统粒子的牛顿方程常用五阶 Nordsieck 算法求解。

⑦ Hockney 算法[23]：即只计算短程斥力，对长程库仑作用则用库仑势和快速 Fourier 变换计算库仑力。

⑧ Beeman 算法[24]是由 Beeman 提出的一种与 Verlet 算法有关的算法，Beeman 算法运用了更精确的速度表达形式，可以更好地保持能量守恒，但由于表达式复杂所以计算量也很大，很少采用。

⑨ Rahman 算法[25]：Rahman 首次采用的一种预测-校正算法的变通形式，这种算法可以带来更精确的解但计算量也相对大很多，所以也很少采用。

9.2　CaO-Al₂O₃-SiO₂ 系微晶玻璃分子动力学模拟

CaO-Al₂O₃-SiO₂ 系是微晶玻璃中的重要组成部分[26]，一直是科学家关注的焦点。早在 1984 年，美国学者 Eilen J. Degular 等利用 Illinonis 电厂的粉煤灰制得玻璃，对其进行晶化处理后，使玻璃重结晶，但最大结晶体积分数为 23%[27]。其后，意大利学者 R. Cioffi 等用 TiO₂ 作为晶核剂，得到了粉煤灰结晶玻璃。随着电力工业的发展，粉煤灰的利用问题已越来越引起各国科技工作者的广泛关注[28]。对 CaO-Al₂O₃-SiO₂ 微晶玻璃体系做了很多研究[29~41]，但是采用分子动力学模拟的方法研究其组成、结构和性能的关系还未见报道。因为 CaO-Al₂O₃-SiO₂ 系微晶玻璃中拥有相当一部分玻璃体，而且 CaO-Al₂O₃-SiO₂ 微晶玻璃也是 CaO-Al₂O₃-SiO₂ 玻璃通过热处理制度烧结而成的，为从原子层次认识 CaO-Al₂O₃-SiO₂ 系微晶玻璃的组成和结构之间的关系，促进 CaO-Al₂O₃-SiO₂ 系微晶玻璃工业的发展，推动粉煤灰的进一步利用，采用分子动力学模拟的方法研究了不同组分下 CaO-Al₂O₃-SiO₂ 玻璃的结构及其变化规律以探讨 CaO-Al$_2$O$_3$-SiO$_2$ 系微晶玻璃的组成、结构与性能之间的关系。

9.2.1　CaO-Al$_2$O$_3$-SiO$_2$ 系玻璃的结构

在过去的 20 多年中，人们对于 CaO-Al$_2$O$_3$-SiO$_2$ 系玻璃的组成、结构与性能的关系分别从理论和实验上做了不少研究[42~46]，结果表明该体系通过 Si—O 四面体或 Al—O 四面体以共角的方式形成三维网络[47]，如图 9-2 所示，共角的氧称为桥氧（T—O—T，T 为 Si 或 Al，Bridging Oxygen，BO），随着铝的增加，Al^{3+} 逐渐替代 Si^{4+}，参与网络的形成，Al^{3+}、Si^{4+} 称为网络形成剂。因为 Al^{3+} 取代 Si^{4+}，从而缺少一个电荷，Ca^{2+} 插入以平衡电荷，但不参与形成网络，因此 Ca^{2+} 又称为网络修饰剂，网络修饰剂会对结构产生一定影响[48~52]，如 Ca^{2+} 的加入会产生非桥氧（仅与一个 Si 或 Al 相连的氧，non-bridging oxygen，NBO），NBO 的存在会降低熔点，也会降低黏度，原则上两个 Al^{3+} 取代两个 Si^{4+} 需要一个 Ca^{2+} 插入以平衡电荷，因此许多研究都集中在 Ca/Al＝1/2 的体系[53~57]，但 CaO-Al$_2$O$_3$-SiO$_2$ 玻璃体系中 Ca/Al 比并不一定等于 1/2[58]，作为修饰剂的 Ca^{2+} 由于其高场强、大半径对结构产生较大影响[59]，尤其在 Ca/Al 比不等于 1/2 时，Ca^{2+} 插入对 Al^{3+} 和 Si^{4+} 键接方式的影响更是不容忽视。而到目前为止还没有一个理论模型能较好地解释 Ca/Al 为 1/2 前后 Ca^{2+} 含量变化时结构的变化趋势，这严重制约了人

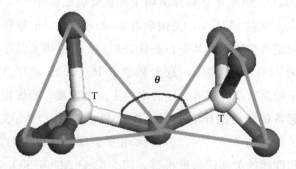

图 9-2　T—O 四面体共角图（T 为 Si 或 Al，其余为 O）

们对于 CaO-Al$_2$O$_3$-SiO$_2$ 系玻璃结构的认识，也限制了 CaO-Al$_2$O$_3$-SiO$_2$ 系玻璃的进一步应用。为深入了解 Ca/Al 不等于 1/2 时结构的变化趋势，本书采用验证有效的分子动力学模拟方法[60~63]，研究不同 Ca/Al 比时 CaO-Al$_2$O$_3$-SiO$_2$ 系玻璃结构的变化规律。

9.2.2　CaO-Al₂O₃-SiO₂ 系玻璃的分子动力学模拟过程

为消除 Al_2O_3/SiO_2 比对结构的影响，固定 $Al_2O_3/SiO_2=1/3$，Ca/Al 比依次递减，设计五个组分的 CaO-Al₂O₃-SiO₂ 玻璃，相应的 Ca/Al 比为 3/2、1/1、1/2、1/4、1/10，玻璃组分分别为 3CaO-Al₂O₃-3SiO₂、2CaO-Al₂O₃-3SiO₂、CaO-Al₂O₃-3SiO₂、CaO-2Al₂O₃-6SiO₂、CaO-5Al₂O₃-15SiO₂。模拟粒子数在 1280 个左右，具体依 CaO 的摩尔分数而定，表 9-1 列出了不同组分的粒子数及元胞长度，计算在深超 21-C（SC21-C）超级计算机（128 个节点，256 个 CPU，峰值速度达 1.5 万亿次/s）上进行，相关的计算是基于独立开发的高性能并行计算程序完成的。

表 9-1　不同组分的元胞长度及总原子数

Ca/Al	元胞长度/Å	原子数/个
3/2	26.409	1280
1/1	26.154	1278
1/2	25.859	1280
1/4	25.535	1260
1/10	25.554	1296

注：1Å=0.1nm。

模拟采用包括二体（图 9-3）和三体（图 9-4）的多体相互作用势，其中二体势用修正的 Born-Mayer-Huggins（BMH）势，形式如下。

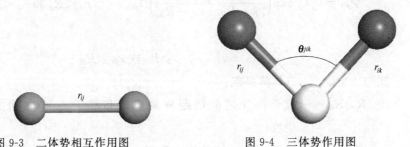

图 9-3　二体势相互作用图　　　图 9-4　三体势作用图

$$\Phi_{ij}^{BMH}=A_{ij}\exp\frac{-r_{ij}}{\rho_{ij}}+\frac{q_iq_j e^2}{r_{ij}}\mathrm{erfc}(r_{ij}\beta_{ij}) \tag{9-16}$$

式中　Φ_{ij}^{BMH}——BMH 势能；

　　　r_{ij}——原子 i 和 j 之间的距离；

q_i，q_j——原子 i 和 j 的电荷；

erfc——修正函数；

A_{ij}，ρ_{ij}，β_{ij}——BMH 势参数（具体数值列于表 9-2）。

表 9-2　二体势参数

粒　　子		参　　数		
i	j	A_{ij}/fJ	β_{ij}/nm	ρ_{ij}/nm
O	O	0.0725	234	29
Si	Si	0.1877	230	29
Al	Al	0.0500	235	29
Ca	Ca	0.7000	230	29
Si	Al	0.2523	233	29
Si	Ca	0.2215	230	29
Al	Ca	0.2178	230	29
Si	O	0.2962	234	29
Al	O	0.2490	234	29
Ca	O	0.5700	234	29

注：Ca、Al、Si、O 原子的电荷分别为 +2、+3、+4、-2。

为节约机时，BMH 势截断半径取 0.55nm，虽然截断半径不大，但由于有误差函数的修正，在很多的模拟过程中，如陶瓷材料[64]、硅铝玻璃及其表面[65,66]、晶体 Al_2O_3 的结构及其表面能[67,68] 等模拟结果都与实验值吻合得很好。三体势能形式如下。

$$\Psi_{jik} = \lambda_{ij}^{\frac{1}{2}} \lambda_{ik}^{\frac{1}{2}} \exp\left(\frac{\gamma_{ij}}{\gamma_{ij} - R_{ij}} + \frac{r_{ik}}{r_{ik} - R_{ik}} \right) \Omega_{jik} \qquad (r_{ij} < R_{ij} \text{ 和 } r_{ik} < R_{ik})$$

$$(9\text{-}17)$$

$$\Psi_{jik} = 0 \qquad (r_{ij} \geqslant R_{ij} \text{ 或 } r_{ik} \geqslant R_{ik}) \qquad (9\text{-}18)$$

式中　Ψ_{jik}——三体势势能；

R_{ij}，R_{ik}——粒子 i、j 之间的距离期望值和粒子 i、k 之间的距离期望值；

λ_{ij}，γ_{ij}——粒子 i、j 之间的势参数。

Ω_{jik} 为与角度有关的函数，对 T—O—T（T 为 Si 或 Al）和 O—Si—O：

$$\Omega_{jik} = (\cos\theta_{jik} - \cos\theta_{jik}^0)^2 \qquad (9\text{-}19)$$

对 O—Al—O：

$$\Omega_{jik} = \left[(\cos\theta_{jik} - \cos\theta^0_{jik}) \sin\theta_{jik} \cos\theta_{jik} \right]^2 \qquad (9\text{-}20)$$

式中　θ_{jik}——粒子 j、i 和 k 形成的角度，i 为角度的顶点；

θ^0_{jik}——粒子 j、i 和 k 形成的角度的期望值。

三体势的参数 λ_{ij}、γ_{ij}、R_{ij} 和 θ^0_{jik} 列于表 9-3。

表 9-3　三体势参数列表

粒　子			参　　数			
j	i	k	λ_{ij}/fJ	γ_{ij}/pm	R_{ij}/pm	$\theta^0_{jik}/(°)$
Al/Si	O	Al/Si	0.001	200	260	109.5
O	Al/Si	O	0.024	280	300	109.5

模拟采用三维周期边界条件，对长程相互作用采用 Ewald 求和方法，运动方程积分采用"蛙跳"（Leap Frog）算法，积分步长为 1fs，速度由 Maxwell 分布给出，初始构型由随机函数给出后，为节约机时，在不加三体势（仅用 BMH 势）的情况下采用步长 0.1fs，虚拟温度为 6000K 预运行 30000 步，以得到一个较合理的初始构型，然后再加上三体势对熔体淬火并在室温下统计结构，降温过程为 6000K→3000K→2500K→2000K→1500K→1000K→500K→300K，每个降温区间弛豫 20ps，最后再在 300K 弛豫 20ps，作时间平均，得出 300K 时的结构性质及动力学行为。

9.2.3　模拟结果与分析

9.2.3.1　总能量变化

如图 9-5 所示是 1/2 组分在 300K 作时间平均统计微观结构时总能量变化图，从图中可以看出总能量在 −14000eV 附近波动，波动幅度不到 1%，说明该结构已经达到稳定构型，其他组分都是采用相同的方法、相同的降温机制，合理地认为其他构型也已达到稳定构型。由于初始随机构型采用了先不加三体势以 0.1fs、6000K 预运行 30000 步的策略，获得了一个较优的初始构型，所以在随后的降温过程中虽然步长较大（1fs），但能较快、较好地达到稳定构型。

采用 VMD[69] 图形化各个组分的最终构型（图 9-6），图（a）～(e) 按照 Ca/Al 比减小的顺序排列，从中也可以看出 CaO-Al₂O₃-SiO₂ 体系主要是一个 Si、Al、O 组成的三维网络，Ca 穿插其中，随着 Ca 的减少，三维

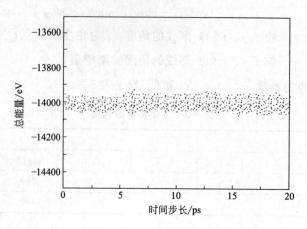

图 9-5 Ca/Al＝1/2 时 300K 总能量变化图

网络越来越完整。

9.2.3.2 原子分布函数 $G(r)$

原子分布函数的实验值可以对 X 射线衍射数据或中子衍射数据通过背底、吸收与偏振校正，然后用 Krogh-Moe[70] 与 Norman[71] 方法归一化后进行 Fourier 变换得到，$G(r)$ 是验证模拟结果的一个重要手段。原子分布函数的模拟值采用下式计算。

$$G(r)=4\pi r[\rho(r)-\rho_0] \tag{9-21}$$

式中 $G(r)$ ——原子分布函数；

$\rho(r)$ ——在距离为 r 处的原子密度；

ρ_0 ——平均原子密度。

如图 9-7 所示是模拟结果与实验结果[72]对照图，从图 9-7 可以看出，除了在 3.2Å（1Å＝0.1nm，下同）处没有吻合，其他地方都吻合得很好，强度上的差别很可能是因为实验数据进行了归一化操作，也可能是实验或模拟过程中产生的误差。结合偏径向分布函数的分析（图 9-9）可知第一峰为 T—O（T 为 Si 或 Al）、第二峰为 Ca—O，第三峰为 O—O，第四峰为 T—T，模拟的结果中在 3.2Å 附近有一个峰，文献 [72] 中并没有此峰，但在文献 [73] 中无论是模拟计算还是实验观测都得到了此峰。文献 [72] 中没有此峰很可能是因为该峰即使经过 Fourier 变换后仍然很小，可以想象原 XRD 图中该峰更小，更平缓，在背景扣除过程中，很容易和背景一起被扣除，可见模拟的结果与实验值非常吻合。

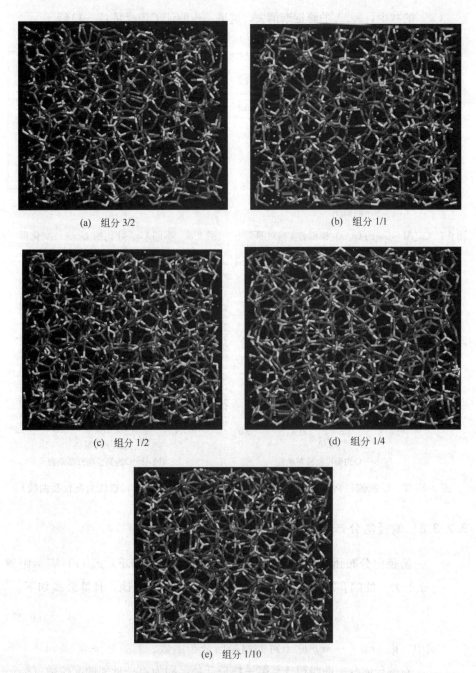

(a)　组分 3/2　　　　　　　　　　　　(b)　组分 1/1

(c)　组分 1/2　　　　　　　　　　　　(d)　组分 1/4

(e)　组分 1/10

图 9-6　各个组分的最终构型

　　采用相同的方法计算了各组分的 $G(r)$ 变化图，如图 9-8 所示，随着 Ca/Al 比从 3/2 变化到 1/10，相应的 Ca²⁺ 含量也依次递减。从图 9-8 可见，随着

Ca^{2+} 的减少，$3.2Å$ 的峰逐渐消失，这进一步验证了该峰是 Ca—O 峰。

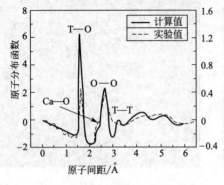

图 9-7 Ca/Al=3/2 的 $G(r)$ 模拟与实验对照图   图 9-8 不同 Ca/Al 比的 $G(r)$ 变化图

$1Å=0.1nm$，下同

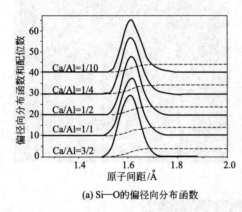

(a) Si—O 的偏径向分布函数

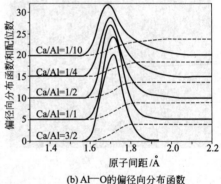

(b) Al—O 的偏径向分布函数

图 9-9 T—O 的偏径向分布函数（实线为偏径向分布函数曲线，虚线为配位数曲线）

9.2.3.3 偏径向分布函数和配位数

偏径向分布函数（pair distribution function，PDF）$g_{\alpha\beta}(r)$ 表示距离 α 原子为 r 处的 β 原子的密度与 β 原子的平均密度之比，计算公式如下。

$$g_{\alpha\beta}(r) = \frac{\rho(r)}{\rho_0} \tag{9-22}$$

式中 $g_{\alpha\beta}(r)$ ——α-β 原子对的偏径向分布函数。

对偏径向分布曲线积分至第一峰最低处，即为第一近邻的配位数（coordinate number，CN）。图 9-9(a) 和图 9-9(b) 分别为 Si—O、Al—O 的 PDF 和 CN 变化图，从图中可见，组分 3/2 计算得到的 Al—O 键长为 $1.71Å$，配位为 4.02，Si—O 的键长和配位数分别为 $1.61Å$ 和 4.08，与文献

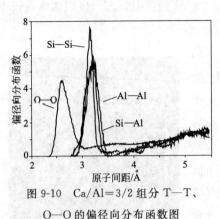

图 9-10　Ca/Al＝3/2 组分 T—T、
O—O 的偏径向分布函数图

[74] 的 值 基 本 一 致 （1.75Å，4.0；1.60Å，4.0），从而证明模拟的结果是正确的。从图 9-9（a）也可以看出，Ca/Al 比对于 Si—O 键长没有影响，对 Al—O 的键长有较小影响，随着 Ca/Al 比的降低，Al—O 键长稍微减小。

如图 9-10 所示为 Ca/Al＝3/2 组分 T—T 和 O—O 的偏径向分布函数图，从图中可见，O—O 键长为 2.63Å，Si—Si 键长为 3.18Å，Si—Al 键长为 3.24Å，Al—Al 键长为 3.25Å。

9.2.3.4　键角分布

在计算 T—O 之间的键接时，截断半径取 PDF 第一峰最低处，Si—O 和 Al—O 截断半径分别为 1.9Å、2.1Å。计算了 O—Si—O ［图 9-11(a)］ 和 O—Al—O ［图 9-11(b)］ 角度分布图，从图 9-11(a) 中可见键角 O—Si—O 为 109.42°，键角 O—Al—O 为 109.88°，从偏径向分布函数分析得知它们的配位数都大约为 4，这说明 T—O（T 为 Si 或 Al）呈现比较规则的四面体

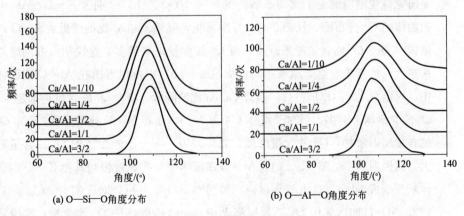

(a) O—Si—O 角度分布　　　　　(b) O—Al—O 角度分布

图 9-11　O-T-O 角度分布图

结构，如图 9-12 所示的 Al—O、Si—O 四面体。但在 Ca/Al＝1/10 时，键角 O—Al—O 稍微变大，这说明 Al—O 四面体发生轻微变形，这主要是因为 Ca/Al 比太低，没有足够的 Ca²⁺ 补偿因 Al³⁺ 替代 Si⁴⁺ 缺少的电荷造成

的。结合偏径向分布函数的分析可知，Ca/Al 极低时，Al—O 四面体有较小变形，Si—O 四面体保持不变。

此外，也统计了 T—O—T 角度（图 9-1 中的 θ）分布，统计结果如图 9-13 所示，其中图 9-13（a）为 Al—O—Al，图 9-13（b）为 Al—O—Si，图 9-13（c）为 Si—O—Si。图 9-13（a）表明，随着 Ca/Al 比的降低，Al—O—Al 角度逐渐向低角度偏移，并由单峰分布逐渐变成双峰分布。图 9-13（b）显示，随着 CaO 含量的降低，Al—O—Si 角度变化有相同的趋势。从图 9-13（c）中可以看出，随着 CaO 含量的降低，Si—O—Si 角度逐渐变大。

图 9-12 CaO-Al$_2$O$_3$-SiO$_2$ 玻璃
体系的局部放大图
O$_1$ 为氧桥；O$_2$ 为非氧桥

9.2.3.5 桥氧分析

（1）Q^n（n 为 TO$_4$ 四面体中桥氧的数目）统计

CaO-Al$_2$O$_3$-SiO$_2$ 系玻璃中 TO$_4$ 四面体通过桥氧形成三维网络，所以 Q^n 是研究微观结构的一个重要参数。图 9-14 中（a）、（b）分别为 Si—O、Al—O 四面体的 Q^n 分布图，从图 9-14（a）中可见，随着 Ca/Al 比的降低，Si—O 四面体中 Q^2、Q^3 的含量越来越少，而 Q^4 的含量越来越多，这说明聚合网络越来越大，也意味着熔点越来越高。从图 9-14（b）中可以看出在 Al—O 四面体中，对组分 3/2、1/1、1/2，随着 Ca/Al 比的降低，Q^2、Q^3 的含量越来越少，Q^4 的含量越来越多，但对于组分 1/4 和 1/10，随着 Ca/Al 比的降低，Q^2、Q^3 的含量反而增加，Q^4 的含量降低，总体来说，Al—O 四面体中 Q^4 的含量较大，这说明当 Ca/Al<1/2 时，Al—O 四面体中一些氧慢慢与其他 T—O 四面体断开变成 NBO。对比图 9-14（a）和图 9-14（b）可见，对于组分 3/2、1/1、1/2，Al—O 四面体中 Q^4 的含量都大于 Si—O 四面体中 Q^4 的含量，这说明 Al 更倾向于插入网络中间，成为网络中间体而非网络的终点。L. Cormier 在研究低 Si 含量的 CaO-Al$_2$O$_3$-SiO$_2$ 玻璃体系时得出了相同的结论[72]，V. Petkov 用高能 X 衍射研究 CaO-Al$_2$O$_3$-SiO$_2$ 系玻璃时也发现相同的规律。对组分 1/4、1/10，Al—O 四面体中 Q^4 反而降低，Si—O 四面体中 Q^4 增加。造

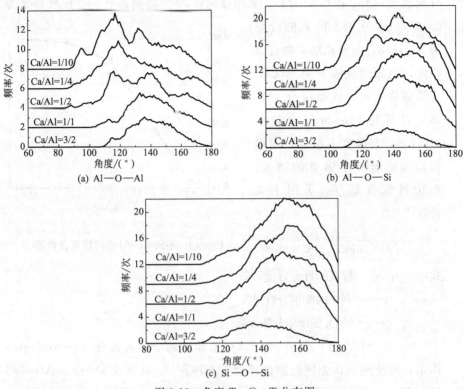

图 9-13　角度 T—O—T 分布图

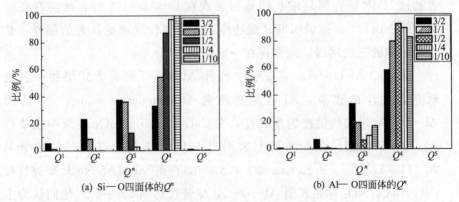

图 9-14　各四面体中 Q^n 的分布图

成这些反常主要是因为组分 1/4、1/10 的 Ca/Al 比都小于 1/2，Al^{3+} 替代 Si^{4+} 后没有足够的网络修饰原子 Ca^{2+} 补偿电荷。

（2）T—O—T 型桥氧统计

模拟计算了桥氧含量，如图 9-15 所示，组分 3/2 和 1/1 的桥氧含量

分别为 0.66582 和 0.810293,采用理论计算[73]得到组分 3/2 桥氧含量为

0.6667,组分 1/1 桥氧的含量为 0.81818,与模拟结果吻合得很好,但该理论在计算低 CaO 含量的桥氧时,比如组分 1/4,理论计算得到的桥氧含量为 110.5%,与事实不符合,而模拟却能给出一个满意的结果。理论桥氧含量 f_{BO} 采用下式计算[73]。

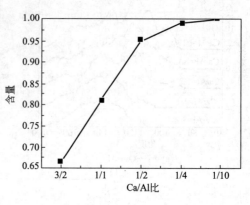

图 9-15 不同 Ca/Al 比的桥氧含量图

$$f_{BO} = \frac{3x + 6y - 100}{100 + x + 2y} \quad (9\text{-}23)$$

式中 f_{BO}——桥氧的百分含量,%;

x——SiO_2 的摩尔分数,%;

y——Al_2O_3 的摩尔分数,%。

Ca/Al=1/2 的 $CaO\text{-}Al_2O_3\text{-}SiO_2$ 系玻璃属于网硅酸盐(tectosilicate)体系,传统理论认为网硅酸盐不存在 NBO[27]。在本研究中 Ca/Al=1/2 时,存在 4.9% 的 NBO,这虽然与传统理论不符,但 Stebbins 及其合作者通过 NMR 研究网硅酸盐体系时发现在 Ca/Al=1/2 时,确实存在一定量的 NBO[36]。这说明网硅酸盐体系并不像传统理论认为的那样,是一个完整的三维网络,而是存在一定量的 NBO。

在 $CaO\text{-}Al_2O_3\text{-}SiO_2$ 系玻璃中 Si 和 Al 倾向于何种方式键接一直是研究者关注的焦点。Al 自回避规则(aluminum avoidance)[75]认为 Al—O—Al 形式的键接能量较高,在 $CaO—Al_2O_3—SiO_2$ 玻璃中主要以 Al—O—Si 键接。但一些研究表明当 Si/Al<1 时,存在一定数量的 Al—O—Al[73,76]。S. K. Lee 和 J. F. stebins 使用[29]Si MAS-NMR 研究低硅 $CaO\text{-}Al_2O_3\text{-}SiO_2$ 体系表明 Al—O—Al 型链接达到 20%[77],他们认为主要是因为降温速率较快,体系来不及调整到能量最低状态。

如图 9-16 所示是 T—O—T 型 BO 分布图,从图中可见,随着 CaO 含量的减少,Si—O—Si 和 Al—O—Al 形式的桥氧含量均逐渐增加。Al—O—Si 形式的桥氧含量开始增加,但是在 Ca/Al 比从 1/4 变化到 1/10 时,含量急剧降低。与此同时,Si—O—Si 型桥氧含量增长的斜率基

本保持不变，而 Al—O—Al 型桥氧含量的斜率急剧增大，这说明当 Ca/Al<1/2 时，有部分 Si—O—Al 转变成 Al—O—Al 和 Si—O—Si，转变过程如图 9-17 所示，化学式为 2（Si—O—Al）＝ Al—O—Al ＋ Si—O—Si，所以虽然 Al—O—Al 和 Si—O—Si 键接方式在能量上处于劣势，但是在 Ca/Al 比由大

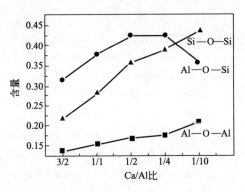

于 1/2 变化到小于 1/2 时 T—O—T 键接的方式发生了很大变化。

图 9-16　T—O—T 型桥氧占总桥氧的变化图

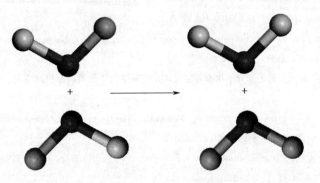

图 9-17　T—O—T 桥氧转变图

9.3　小结

① 桥氧含量的模拟计算表明，Ca/Al＝1/2 时 CaO-Al₂O₃-SiO₂ 系玻璃（即网硅酸盐体系）并不像传统理论认为的那样，不存在非桥氧（NBO），是一个完整网络，而是存在一定量的 NBO，从理论上进一步证实了 Stebbins 等人的实验结果。

② 在 Ca/Al>1/2 时，Al 比 Si 容易成为网络中间体，其首先插入网络体中间；在 Ca/Al<1/2 时，Si 比 Al 容易成为网络中间体，其首先插入网络体中间。

③ 在 Ca/Al 比从大于 1/2 变化到小于 1/2 时有一部分 Al—O—Si 转变成 Al—O—Al 和 Si—O—Si。

参 考 文 献

[1] Dierk Raabe. Computational Materials Science. Weinheim: WILEY-VCH Verlag GmbH. , 1998: 54-100.

[2] Allen M P, Tildesley D J. Computer Simulation of Liquids. Oxford: Clarend-on. , 1987: 38-92.

[3] David Young C. Computational Chemistry- A Practical Guide for Applying Techniques to Real-World Problems. New York: A John Wiley & Sons, Inc. , 2001: 49-58.

[4] Meyer M, Pontikis V. Proceedings of the NATO ASI on Computer Simulation in Materials Science. Kluwer: Dordrecht, 1991: 121-129.

[5] Allen M P, Tildesley D J. Proceedings of the NATO ASI on Computer Simulation in Chemical Physics. Kluwer: Dordrecht, 1993: 14-21.

[6] Alder Ba, Wainwright T W. Studies in molecular dynamics 1: general method. J. Chem. Phys. , 1959, 31 (2): 459-466.

[7] Chen Nian-Yi. Computational chemistry and its application. Shanghai: Science and Technology Press, 1987: 209-222.

[8] 张彪, 哲土. 分子动力学模拟方法及其在玻璃结构和性质研究中的应用. 上海建材学院学报, 1991, 4 (1): 25-29.

[9] Frenkel, Smit. Understanding Molecular Simulation-From Algorithms to Applications. Cornwa-ll: MPG Books Ltd. , 2002: 30-35.

[10] Tersoff J. New empirical model for the structural properties of silicon. Phys. Rev. Lett. , 1986, 56 (6): 632-635.

[11] Tersoff J. Empirical interatomic potential for silicon with improved elastic properties. Phys. Rev. B. , 1988, 38 (14): 9902-9905.

[12] Tersoff J. Modeling solid-state chemistry: Interatomic potentials for multicomponent systems, Phys. Rev. B. , 1989, 39 (8): 5566-5568.

[13] Daw M S, Baskes M I. Embedded-atom Method: Derivation and Application to Impurities, Surfaces, and Other Defects in Metals. Phys. Rev. B, 1984, 29 (12): 6443-6453.

[14] Daw M S. Model of Metallic Cohesion: The Embedded-atom Method. Phys. Rev. B, 1989, 39 (11): 7441-7452.

[15] Foiles S M, Adams J B. Thermodynamic Properties of FCC Transition Metals as Calculated with the Embedded-atom Methon. Phys. Rev. B, 1989, 40 (17): 11502-11506.

[16] Garofalini S H. Molecular dynamics simulation of the frequency spectrum of amorphous silica. J. Chem. Phys. , 1982, 76 (6): 3189-3192.

[17] 吴兴惠, 项金钟. 现代材料计算与设计教程. 北京: 电子工业出版社, 2002: 122-167.

[18] William Swope C, Hans Andersen C, Peter Berens H, Kent Wilson R. A computer simulation method for the calculation of equilibrium constants for the formation of physical clus-

ters of molecules: Application to small water clusters. J. Chem. Phys., 1982, 76 (1): 637-649.

[19] 杨小震. 分子模拟与高分子材料. 北京：科学出版社，2002：50-51.

[20] Boyer L L, Hardy J R. Static Equilibrium Conditions for a Rigid-Ion Crystal. Phys. Rev. B, 1973, 7 (6): 2886-2888.

[21] Fincham D. Optimization of the Ewald sum for large systems. Mol. Simul., 1994, 13 (1): 1-9.

[22] Loup Verlet. Computer" Experiments" on Classical Fluids. I. Thermodynamical Properties of Lennard-Jones Molecules. Phys. Rev., 1967, 159 (1): 98-103.

[23] Hockney R W, Goel S P, Eastwood J W. A 10000 particle molecular dynamics model with long range forces. Chem. Phys. Lett., 1973, 21 (3): 589-591.

[24] Beeman D. Some multistep methods for use in molecular dynamics calculations. J. Compu. Phys., 1976, 20 (2): 130-139.

[25] Rahman A. Correlations in the motion of atoms in liquid argon. Physical Review A, 1964, 136 (2): A405-A411.

[26] 〔美〕金格瑞著 W D. 陶瓷导论. 清华大学无机非金属材料教研组译. 北京：中国建筑工业出版社，1988：2-50.

[27] Eilen Degular J, Subhash Risbud H. Crystallization and properties of glasses from Illinois coal fly ash, J. Mater. Sci., 1984, 19: 1760-1766.

[28] Luisa Barbieri, Anna Corradi. Isabella Lancellotti. Antonio Pedro Novaes De Oliveira, Orestes Estevam Alarcon, Nucleation and Crystal Growth of a MgO-CaO-Al$_2$O$_3$-SiO$_2$ Glass with Added Steel Fly Ash. J. Am. Ceram. Soc., 2002, 85 (3): 670-674.

[29] 吴江涛，刘志刚，赵小明. 分子动力学模拟中不同短程作用力计算方法的效率研究. 西安交通大学学报，2002, 36 (5): 477-481.

[30] Uo M, Seto H, Morita K, Inoue H, Makishima A. The effect of rare-earth oxides on the crystallization of CaO-Al$_2$O$_3$-SiO$_2$ glasses. J. Mater. Sci., 1998, 33: 749-754.

[31] 冯小平，何峰，李立华. CaO-Al$_2$O$_3$-SiO$_2$ 系统微晶玻璃晶化行为的研究. 武汉理工大学学报，2001, 23 (1): 22-25.

[32] 刘平，王鸿，陈显求. CaO-Al$_2$O$_3$-SiO$_2$ 系玻璃分相计算机模拟. 无机材料学报，1999, 14 (4), 553-557.

[33] 汤李缨，赵前，袁坚，刘明志. CaO-Al$_2$O$_3$-SiO$_2$ 系统粉煤灰玻璃的烧结和晶化性能研究. 中国建材科技，1997, 6 (2): 19-23.

[34] 何峰，王怀德，邓志国. CaO 对 CaO-Al$_2$O$_3$-SiO$_2$ 系统微晶玻璃的析晶程度及性能的影响. 中国陶瓷，2002, 38 (4): 1389-1393.

[35] Deng Nevins, Frank Spera J. Molecular dynamics simulations of molten CaAl$_2$Si$_2$O$_8$: Dependence of structure and properties on pressure. Am. Minera., 1998, 83 (1): 1220-1230.

[36] 张彪. 分子动力学模拟在玻璃表面研究中的应用. 大连轻工业学院学报，1989，8（3）：26-31.

[37] Magali Benoit, SimonaIspas. Structural properties of molten silicates from ab initio molecular-dynamics simulations：Comparison between CaO-Al$_2$O$_3$-SiO$_2$ and SiO$_2$. Phys. Rev. B, 2001，64（22）：224205-224215.

[38] David M, Zirl, Stephen H. Garofalini, Structure of Sodium Aluminosilicate Glasses. J. Am. Cerarn. Soc. 1990，73（10）：2848-2856.

[39] Soulos T F. A molecular dynamic calculation of the structure of sodium silicate glasses. J. Chem. Phys.，1979，71（11）：4570-4578.

[40] Soules T F. An approximation of the Coulomb force for molecular dynamic calculations. J. Chem. Phys.，1980，72（11）：6314-6315.

[41] Soules T F, Busboy R F. Sodium diffusion in alkali silicate glass by molecular dynamics. J. Phys. Chem.，1981，75（2）：969-975.

[42] Navrotsky A, Peraudeau G, McMillian P, Coutures J P. A Thermochemical Study of Glasses and Crystals along the Joins Silica-Calcium Aluminate and Silica-Sodium Aluminate, Geochim. Cosmochim. Acta，1982，46（11）：2039-2047.

[43] Mysen B O. Structrure and properties of silicate Melts. Amsterdam：Elsevier，1988：24-85.

[44] Huang C, Behrman E C. Structure and properties of calcium aluminosilicate glasses. J. Non-Cryst. Solids，1991，128（3）：310-321.

[45] Lines M E. A possible non-halide route to ultralow loss glasses. J. Non-Cryst. Solids，1988，103（2-3）：279-288.

[46] Lines M E, McChesney J B, Lyons K B, Bruce A J, Miller A E, Nassau K. Calcium aluminate glasses as pontential ultralow-loss optical materials at 1. 5～1. 9 μm. J. Non-Cryst. Solids，1989，107（2-3）：251-260.

[47] Laurent Cormier, Daniel R. Neuville, Georges Calas, Structure and properties of low-silica calcium aluminosilicate glasses. J. Non-Crys. Solids，2000，274（1-3）：110-114.

[48] Ekersley M C, Gaskell P H, Barnes A C, Chieux P. The environment of CA ions in silicate glasses. J. Non-Cryst. Solids，1988，106（1-3）：132-136.

[49] Engelhardt G, Nofz N, Forkel K, Wihsmann F G, Magi M, Samoson A, Lippmaa E. Structural studies of calcium aluminosilicate glasses by high resolution solid state [29]Si and [27]Al magic angle spinning nuclear magnetic resonance. Phys. Chem. Glasses，1985，26（5）：157-165.

[50] McMillan P, Piriou B, Navrotsky A. A Raman spectroscopic study of glasses along the joins silicacalc -ium aluminate, silica-sodium aluminate, and silicapotassium aluminate, Geochim. Cosmoch-im. Acta，1982，46：2021-2037.

[51] Nofz M, Stoesser R, Wihsmann F G. Paramagnetic centers in glasses of the system calcia-

alumina-silica. Phys. Chem. Glasses, 1990, 31: 57-62.

[52] Stebbins J F, Xu Z. NMR evidence for excess non-bridging oxygen in an aluminosilicate glass. Nature, 1997, 390 (6): 60-62.

[53] Petkov V, Billinge S J L, Shastri S D, Himme B, Units and connectivity in calcium aluminosilicate glasses from high-energy X-ray diffraction. Phy. Rev. Lett. , 2000, 85 (16): 3436-3439.

[54] Petkov V, Gerber T, Himmel B. Atomic ordering in $Ca_{x/2}Al_xSi_{1-x}O_2$ glasses ($x = 0$, 0. 34, 0. 5, 0. 68) by energy dispersive X-ray diffraction. Phy. Rev. B, 1998, 58 (18): 11982-11989.

[55] Stebbins J F, Oglesby J V, Kroeker S. Oxygen triclusters in crystalline $CaAl_4O_7$ (grossite) and in calcium aluminosilicate glasses: [17] O NMR. Am. Mineral. , 2001, 86: 1307-1311.

[56] Shigeaki Ono, Tsuyoshi Iizuka, Takumi Kikegawa. Compressibility of the calcium aluminosilicate CAS phase to 44 GPa, Phys. Earth Planet. In. , 2005, 150: 331-338.

[57] Navrotsky, Alexandra Peraudeau, Gilles McMillan, Paul Coutures, Jean Pierre. A thermochemical study of glasses and crystals along the joins silica-calcium aluminate and silica-sodium aluminate, Geochim. Cosmochim. Acta, 1982, 46: 2039-2043.

[58] 扎齐斯基 J 主编. 材料科学与技术丛书: 第九卷. 玻璃与非晶态材料. 干福熹, 侯立松等译. 北京: 科学出版社, 2001: 266-290.

[59] Lee S K, Stebbins J F. Al—O—Al and Si—O—Si sites in framework aluminosilicate glasses with Si/Al = 1: quantification of framework disorder. J. Non-Cryst. Solids, 2000, 270 (1-3): 260-264.

[60] 王丽, 李辉, 边秀房, 孙民华, 刘相法, 刘洪波, 陈魁英. 纯铝熔体微观结构演变及液固相关性研究. 物理学报, 2005, 49: 45-48.

[61] 崔守鑫, 蔡灵仓, 胡海泉, 郭永新, 向士凯, 经福谦. 氯化钠晶体在高温高压下热物理参数的分子动力学计算. 物理学报, 2005, 54: 2826-2831.

[62] Liu Zi-Jiang, Cheng Xin-Lu, Zhang Hong, Cai Ling-Cang. Molecular dynamics study for the melting curve of MgO at high pressure. Chin. Phys. , 2004, 13 (3): 384-387.

[63] Xue Jian-Ming, Imanishi N. Molecular dynamic simulation of secondary ion emission from an Al sample bombarded with MeV heavy ions. Chin. Phys. , 2002, 11 (3): 245-248.

[64] Feuston B P, Garofalini S H. Empirical three-body potential for vitreous silica. J. Chem. Phys. , 1988, 89 (9): 5818-5824.

[65] Zirl D M, Garofalini S H. Structure of Sodium Aluminosilicate Glasses. J. Am. Ceram. Soc. , 1990, 73 (10): 2848-2856.

[66] Zirl D M, Garofalini S H. Structure of Sodium Aluminosilicate Glass Surfaces. J. Am. Ceram. Soc. , 1992, 75 (9): 2353-2362.

[67] Blonski S, Garofalini S H. Molecular Dynamics Simulations of a-alumina and g-alumina

Surfaces. Surf. Sci., 1993, 295: 263-268.

[68] Blonski S, Garofalini S H. Molecular dynamics simulations of γ-alumina surface stabilization by deposited silicon ions. Chem. Phys. Lett., 1993, 211 (6): 575-579.

[69] Humphrey W, Dalke A, Schulten K. VMD-Visual Molecular Dynamics. J. Molec. Graphics, 1996, 14 (1): 33-38.

[70] Krogh M J. A method for converting experimental X-ray intensities to an absolute scale. Acta Cryst., 1956, 9: 951-953.

[71] Norman N. The Fourier transform method for normalizing intensities, Acta Cryst., 1957, 10: 370-373.

[72] Cormier L, Ghaleb D, Neuville D R, Delaye JM, Calas G. Chemical dependence of network topology of calcium aluminosilicate glasses: a computer simulation study. J. Non Cryst. Solids, 2003, 332: 255-270.

[73] Zhao J, Gaskell P H, Cormier L, Bennington S M. Vibrational density of states and structural origin of the heat capacity anomalies in $Ca_3 Al_2 Si_3 O_{12}$ glasses. Physica B, 1998, 241-243: 906-908.

[74] Okuno M, Kawamura K. Molecular dynamics calculations for $Mg_3 Al_2 Si_3 O_{12}$ (pyrope) and $Ca_3 Al_2 Si_3 O_{12}$ (grossular) glass structures. J. Non-Cryst. Solids, 1995, 191: 249-259.

[75] Angeli F, Delaye J M, Charpentier T, Petit J C, Ghaleb D, Faucon P. Investigation of Al—O—Si bond angle in glass by Al 3Q-MAS NMR and molecular dynamics. Chem. Phys. Lett., 2000, 320: 681-687.

[76] Stebbins J F, LEE S K, Oglesby J V. Al—O—Al oxygen sites in crystalline aluminates and aluminosil-icate glasses: High-resolution oxygen-17 NMR results. Am. Mineral., 1999, 84: 983-986.

[77] Stebbins J F, Zhao P, LEE S K, Cheng X. Reactive Al—O—Al sites in a natural zeolite: Triple-quantum oxygen-17 nuclear magnetic resonance. Am. Mineral., 1999, 84: 1680-1684.

第10章
MgO-Al₂O₃-SiO₂ 系微晶玻璃分子动力学模型

以董青石为主晶相的 MgO-Al₂O₃-SiO₂ 系微晶玻璃具有绝缘性好、机械强度高、抗热震性能好、介电常数低、介电损耗小等优良特性，可广泛应用于雷达天线罩、集成电路基片、硬盘基板和红外辐射材料等高新材料。因此，MgO-Al₂O₃-SiO₂ 系微晶玻璃一直是人们的研究热点[1,2]。

董青石由于具有低的热膨胀系数和介电性质，以及高的化学稳定性，董青石陶瓷及微晶玻璃被广泛应用于对热震性和热膨胀要求严格的场合。例如高温炉、窑的炉具、电子器件和微电子封装材料等。另外，电子工业的飞速发展，也要求有更高性能的器件代替原有产品，像集成电路的基板，使用董青石陶瓷和微晶玻璃，使电子器件的寿命和可靠性有了更大幅度的提高。因此，作为结构材料和功能材料，董青石陶瓷和微晶玻璃越来越成为现代工业中的一种重要材料，备受世界各国的重视。早在 19 世纪，人们就试图人工合成董青石[3]。1899 年，Morozewie 制成了这种晶体并取名为 "Cordierite"。Rankin 和 Merwin 继续探索了 MgO-Al₂O₃-SiO₂ 系硅铝酸盐的合成方法，发现了其非同一般的低热膨胀性能。此后，很多研究者着手研究了这个重要而复杂的三元系统，描述了各相之间的关系和董青石的晶体结构。Osborn 和 Muan 最终给定了 MgO-Al₂O₃-SiO₂ 系的三元相图（图 10-1）[4,5]，一直沿用至

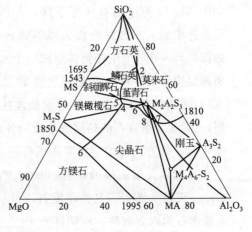

图 10-1　MgO-Al₂O₃-SiO₂ 三元相图

今。

从 MgO-Al$_2$O$_3$-SiO$_2$ 的三元相图可以看出,不同的组成配方能够析出十几种晶型,但堇青石微晶玻璃具有其他微晶玻璃不可比拟的优势,目前 MgO-Al$_2$O$_3$-SiO$_2$ 体系微晶玻璃工业化生产的主要是堇青石微晶玻璃。按照堇青石的配比,MgO-Al$_2$O$_3$-SiO$_2$ 体系的析晶过程中主要有高温石英固溶体(μ晶堇青石)、堇青石(高温型、低温型)、玻璃体。所以一个模型要想很好地描述堇青石微晶体系,必须能够模拟这些晶体和玻璃体。

10.1 堇青石结构

堇青石的结构一直是矿物学界研究的一个热点[6~10],其主要的焦点是:堇青石的多形及有序-无序转换、稳定态堇青石的基本结构、非稳定态的基本结构。研究表明,堇青石有三种基本变体,即 α-堇青石、β-堇青石及 μ-堇青石。堇青石的两种同素异构体[11]:①低温稳定的四方结构(Orthorhombic),称 β-堇青石,如图 10-2(a) 所示;②高温稳定的六方结构(Hexagonal),称 α-堇青石,又名印度石(Indialite),如图 10-2(b)所示。两种晶体超晶胞结构如图 10-2(c) 所示。此外,还有一种六方结构的中间过渡型 μ-堇青石。从图 10-2 中可以看出,两种同素异构体的超级晶胞结构一致,从原子排布看,β-堇青石和 α-堇青石的区别在于 Al、Si 原子的有序程度。在四方结构中,Al、Si 原子完全有序排列,而六方结构中 Al、Si 原子的有序度下降,AlO$_4$ 四面体占据六元环的一个随机位置。通常的人工方法合成大多得到 α-堇青石。在该结构中,由五个 SiO$_4$ 四面体和一个 AlO$_4$ 四面体组成一个六元环。六元环沿 c 轴同轴排列。相邻两层交错 15°角。六元环之间靠 AlO$_4$ 四面体和 MgO$_6$ 八面体连接。AlO$_4$ 四面体和 MgO$_6$ 八面体共棱连接,从而构成稳定的堇青石结构,如图9-3所示。堇青石的热膨胀系数呈各向同性,随着温度的升高,c 轴方向膨胀但 a 轴方向收缩导致零体积膨胀。

自然界大量出现的堇青石属斜方晶系,应归为 β-堇青石,空间群是 C_{ccm}。天然 α-堇青石又称印度石,最早发现于印度 Paralava 的火烧岩内。α-堇青石为六方对称,空间群为 $P_{6/mcc}$。在传统的矿物学教材中,往往把堇青石划为环状构造硅酸盐,后来的研究者们认为,在六元环之间起连接

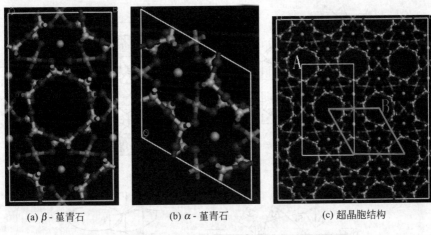

(a) β-堇青石　　　　(b) α-堇青石　　　　(c) 超晶胞结构

图 10-2　堇青石的两种同素异构体

作用的除了八面体配位的 Mg^{2+} 外，还有（Si，Al）四面体。这些四面体把六元环连接为三维骨架，因而，应划为架状结构。

对于低温变体 β 堇青石来说，早期的学者认为，在六元环中有五个硅氧四面体和一个铝氧四面体，而起连接作用的四面体则全部被 Al 所占据。Gibbs 等通过对各种不同位置的 T—O 键和 M—O 键（T＝Si、Al；M＝Mg、Fe、Mn 等）的详细计算，认为在六元环中有两个四面体体积较大，这两个较大的四面体易于被 Al 所充填。因此，在理想的堇青石有序结构中，六元环中含有两个 Al—O 四面体，而起连接作用的四面体中有 1/3 被 Si 所占据。在整个三维空间骨架中，除了六元环中的两对富 Si 四面体共用一个氧原子外，其他富 Al 四面体与富 Si 四面体严格有序地相间排列。

在高温变体 α-堇青石中，T（Al，Si）原子可分为两种不同的位置，即图 10-3 中的 T_1、T_2，它们分别位于六元环外和六元环内，这时晶体具有六方对称。而当结构变为有序时（低温 β 变体），六元环中的六个 T_2 位置有两个被 Al 优先占据，同时 1/3 的 T_1 位置也被 Al 优先占据（图 10-3）。

高温型 α-堇青石结构中存在着两类不同的四面体，即位于六元环内的四面体和起连接作用的四面体。根据各种环境中离子的坐标，Meagher 等计算了各种离子之间的键长及键角，从而认为，起连接作用的四面体明显大于六元环内的四面体。因此，较大的原子 Al 将有较大的概率进入这些

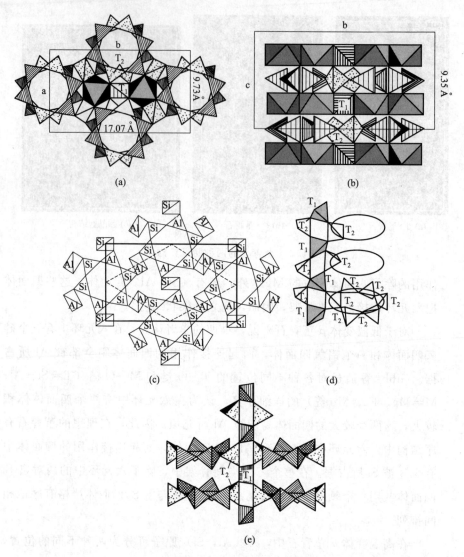

图 10-3 堇青石结构示意图

较大的四面体。他们对取自印度 Bokaro 火烧岩地层中的样品进行了计算，其结果表明，每个六元环内的四面体平均含有 0.3 个 Al，而每个环外起连接作用的四面体含有 0.72 个 Al。

堇青石是堇青石玻璃体在较低温度下（<1150℃）发生去玻化作用时转变成 α-堇青石或 β-堇青石的中间产物。Suzuki 等用水解法制取的粉末合成堇青石时也观察到了 μ-堇青石的生成。最早试图解释 μ-堇青石结构的 Karkhanavala 等认为，μ-堇青石结构与 β-锂辉石的结构相似。而最近

Schreyer 等的研究表明，μ-堇青石的结构是高温石英型结构，并能与高温石英形成连续的固溶体。他们认为，一种杂质离子是否能够在适当的条件下进入石英晶格，取决于这种离子的大小。Al 在硅酸盐中代替 Si 是很常见的，但只有当电价补偿离子（M⁺，M²⁺）同时进入晶格时，这种替换才可能发生。由于 SiO_2-$LiAlSiO_4$（β-锂霞石）存在着连续的固溶体系列，Schreyer 等认为，Mg^{2+} 与 Li^{2+} 有着相近的离子半径，因此，Mg^{2+} 与 Al 一起进入石英晶格而形成石英固溶体是可能的。于是，他们采用了使玻璃体重结晶的方法合成了位于 SiO_2-$Mg_2Al_4Si_5O_{18}$ 之间各种成分的固溶体。

Schreyer 等在 X 射线衍射的基础上还对这个固溶体系列的晶胞常数进行了详细的研究。他们合成了在 $MgAl_2O_4$ 与 SiO_2 连线上，Si 质量分数从 40%～74%的一系列玻璃，这些玻璃重结晶后所得到的晶相，具有相同的基本结构。但晶胞常数随着 SiO_2 的增加呈连续的线性变化，且同标准高温石英在同一条连线上。其中 c 轴随着 SiO_2 的增加逐渐增大，a 轴逐渐减小。这一规律进一步说明了在 SiO_2-$Mg_2Al_4Si_5O_{18}$ 连线上连续固溶体系列的存在。因此，Schreyer 等以及后来的许多研究者也把 μ-堇青石称为"高温石英固溶体"。

10.2　理论计算方法

计算化学主要是在微观的分子和原子层面上对物质的性质进行研究，根据原子之间的相互作用方式不同可分为基于量子力学（QM）的第一性原理法和分子力场法，根据在相空间中积分路径的差异又可分为分子动力学法和蒙特卡洛法。

根据原子核和电子相互作用的原理及其基本运动规律，运用量子力学原理，从具体要求出发，经过一些近似处理后直接求解薛定谔方程，习惯上称为从头算法，如 Hartree-Fork 方法。从量子力学基本原理导出的计算方法直接描述了微观粒子的运动规律，所以是精确的。但是由于其计算非常复杂，对计算机的要求很高，因此其应用范围受到极大限制，到目前为止，基于此方法研究的体系最多就在 100 个原子左右。

分子力场法是一种不考虑电子结构仅仅考虑原子核与原子核之间的相互作用的方法。核与核之间的相互作用可分为二体势、三体势和多体势，这些相互作用分别采用不同解析的函数和一些经验的参数进行描述。由于不涉及电子结构的计算，所以计算速度非常快，在保证一定精度下，能够研究非常大的体系，目前采用超级计算机所能研究的体系最大能达到约百万个原子级，积分时间最多能达到纳秒级。

不同的能量计算方法与相空间中不同的积分方法相结合，可产生多种计算方法，第一性原理与分子动力学结合产生了 ab-initio MD，第一性原理与蒙特卡洛方法结合产生 QM-MC 方法，分子力场方法与分子动力学结合产生经典的分子动力模拟方法，分子力场与蒙特卡洛方法结合产生经典的蒙特卡洛模拟方法。

10.3　Hartree-Fork 方法

Hartree-Fock（HF）方法是一个应用变分法计算多电子体系波函数的方程，是量子化学中最重要的方程之一，基于分子轨道理论的所有量子化学计算方法都是以 HF 方程为基础的，鉴于分子轨道理论在现代量子化学中的广泛应用，HF 方程可以被称作现代量子化学的基石。

HF 方法核心是 Hartree-Fork 方程，它是以两个在 HF 法发展过程中做出卓著贡献的人的姓命名的方程。1928 年 D. R. 哈特里（Hartree）提出了一个将 N 个电子体系中的每一个电子都看成是在由其余的 $N-1$ 个电子所提供的平均势场中运动的假设。这样对于体系中的每一个电子都得到了一个单电子方程（表示这个电子运动状态的量子力学方程），称为 Hartree 方程。使用自洽场迭代方式求解这个方程，就可得到体系的电子结构和性质。

Hartree 方程未考虑由于电子自旋而需要遵守的泡利原理。1930 年，B. A. Fork 和 J. C. Slater 分别提出了考虑泡利原理的自洽场迭代方程，称为 Hartree-Fork 方程。它将单电子轨函数（即分子轨道）取为自旋轨函数（即电子的空间函数与自旋函数的乘积）。泡利原理要求，体系的总电子波函数要满足反对称化要求，即对于体系的任何两个粒子的坐标的交换都使总电子波函数改变正负号，而斯莱特行列式波函数正是满足反对称化要求的波函数。

10.4　赝势方法

在计算电子与核之间的相互作用时，由于近核区电子受到核的影响较大，波函数在近核区变化很大，有很多节点，需要使用很多基组才能较好地描述近核区的相互作用，在计算中需要消耗非常多的内存存储空间和计算量。在远核区电子受到核的影响较小，波函数比较平滑，只需要较少基组就能描述。

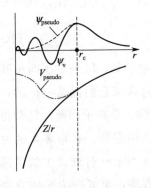

图 10-4　赝势方法示意图

从直观的化学观念出发，在原子形成分子时，仅仅是原子的价层（远核区）电子发生了较大的变形，而内层（近核区）电子分布则改变较小。为了节省计算时间，而又不失去计算精度，从 20 世纪 70 年代以来，开始出现只考虑原子的价电子，而把内层电子和原子核看成一个凝固的原子实，用一个平滑的模型势（赝势）来代替内层电子与价电子的相互作用，称为赝势法，如图10-4所示。赝势方法在小于 r_c 的区域采用一个平滑的赝波函数代替全电子波函数，在大于 r_c 的区域采用全电子波函数，r_c 的大小实际计算中需要小心选取，在保证精度的同时保持可移植性。不同的方案对于赝势的取法不尽相同，且大都能得到与全电子从头算法相近的结果，因而大大节省了计算时间，特别是对于含有重原子的体系，恰好是全电子从头算难以处理的，赝势法在过渡金属络合催化的量子化学研究方面发挥重要作用。

10.5　密度泛函理论

密度泛函理论（density functional theory，DFT）可以追溯到由 Thomas 和 Fermi 于 19 世纪 20 年代提出的 Thomas-Fermi 模型。为计算原子的能量，他们将一个原子的动能表示成电子密度的泛函，并加上原子核-电子和电子-电子相互作用（两种作用都可以通过电子密度来表达）。Thomas-Fermi 模型是很重要的第一步，但是由于没有考虑 Hartree-Fock 理论指出的原子交换能，它的精度受到限制。1928 年 Dirac 在该模型基础上增加了一个交换能泛函项。然而，Thomas-Fermi-Dirac 理论在大多数应用中表现得非常不精确。其中最大的误差来自动能的表示，然后是交换能中的误差，以及对电子关联作用的完全忽略。在多体电子结构计算中，所处理的分子或簇的核被看做是固定的（Born-Oppenheimer 近似），产生一个静态的外部势 V，电子在其中运动。然后用一个实现多电子 Schrödinger 方程的波函数 $\Psi(\vec{r}_1, \cdots, \vec{r}_N)$ 来描述静止电子态。

$$H\Psi = (T+V+U)\Psi = \left[\sum_i^N -\frac{\hbar^2}{2m}\nabla_i^2 + \sum_i^N V(\vec{r}_i) + \sum_{i<j} U(\vec{r}_i, \vec{r}_j) \right]\Psi = E\Psi$$

$$(10-1)$$

式中，H 是电子分子 Hamiltonian；N 是电子数；U 是电子间相互作用。T 和 U 是所谓的普适算符，因为对于任何系统它们都是一样的，而 V 是由系统决定的或者说是非普适的。可以看到，单粒子问题与复杂得多的多粒子问题间的实际差别是由相互作用项 U 引起的。有很多新的方法被用来解决多体 Schrödinger 方程，它们是基于 Slater 行列式中的波函数的展开。而最简单的一个就是 Hartree-Fock 方法，更复杂尖端的方法通常被归为 Post-Hartree-Fock 方法。可是这些方法带来的问题是巨大的计算消耗，实际上不可能把它们有效地应用到更大、更复杂的系统中。在这方面 DFT 则提供了一个吸引人的选择，并由于提供了一个系统规划多体问题（比单体问题多了 U）的方法而更具通用性。在 DFT 中，关键的变量是电子密度 $n(\vec{r})$，由下式给出。

$$n(\vec{r}) = N\int d^3 r_2 \int d^3 r_3 \cdots \int d^3 r_N \Psi^*(\vec{r}, \vec{r}_2, \cdots, \vec{r}_N)\Psi(\vec{r}, \vec{r}_2, \cdots, \vec{r}_N)$$

$$(10-2)$$

Hohenberg 和 Kohn 于 1964 年证明上述关系可逆，例如给定一个基态密度 $n_0(\vec{r})$，原则上就有可能算出相应的基态波函数 $\Psi_0(\vec{r}_1, \cdots, \vec{r}_N)$。换句话说，$\Psi_0$ 是 n_0 的一个独特泛函，比如：

$$\Psi_0 = \Psi_0[n_0] \tag{10-3}$$

因此所有其他观测到的基态 O 也是 n_0 的泛函：

$$\langle O \rangle[n_0] = \langle \Psi_0[n_0] | O | \Psi_0[n_0] \rangle \tag{10-4}$$

特别地，由此基态能量也是 n_0 的一个泛函：

$$E_0 = E[n_0] = \langle \Psi_0[n_0] | T+V+U | \Psi_0[n_0] \rangle \tag{10-5}$$

这里外部势 $\langle \Psi_0[n_0] | V | \Psi_0[n_0] \rangle$ 的贡献可以以密度的形式精确地

给出：

$$V[n] = \int V(\vec{r}) n(\vec{r}) \mathrm{d}^3 r \qquad (10\text{-}6)$$

泛函 $T[n]$ 和 $U[n]$ 被称为普适泛函，而泛函 $V[n]$ 显然是非普适的，因为它取决于研究的系统。指定一个系统后，$V[n]$ 就已知了，因此必须使下面的泛函最小化：

$$E[n] = T[n] + U[n] + \int V(\vec{r}) n(\vec{r}) \mathrm{d}^3 r \qquad (10\text{-}7)$$

对于 $n(\vec{r})$，假定已经得到了 $T[n]$ 和 $U[n]$ 的可靠表达式。使得能量泛函的最小化将得到基态密度 n_0 和所有其他可观测量。

最小化能量泛函 $E[n]$ 的变分可以用 Lagrangian 不定乘子法解决，这已经由 Kohn 和 Sham 于 1965 年完成。因此，事实上可以把上式里的泛函写作一个非相互作用系统的一个假定的密度泛函：

$$E_s[n] = \langle \Psi_s[n] | T_s + V_s | \Psi_s[n] \rangle \qquad (10\text{-}8)$$

式中，T_s 是非相互作用的动能；V_s 是一个外部的有效势场，其中粒子是运动的。显然，$n_s(\vec{r}) \equiv n(\vec{r})$，当然条件是 V_s 被选为：

$$V_s = V + U + (T - T_s) \qquad (10\text{-}9)$$

这样，就可以解这个辅助的、非相互作用系统的 Kohn-Sham 方程：

$$\left[-\frac{\hbar^2}{2m} \nabla^2 + V_s(\vec{r}) \right] \phi_i(\vec{r}) = \varepsilon_i \phi_i(\vec{r}) \qquad (10\text{-}10)$$

这就复制了原始多体系统密度 $n(\vec{r})$ 的轨道：

$$n(\vec{r}) \equiv n_s(\vec{r}) = \sum_i^N |\phi_i(\vec{r})|^2 \qquad (10\text{-}11)$$

有效单粒子势可以被更精确地写为：

$$V_s = V + \int \frac{e^2 n_s(\vec{r}')}{|\vec{r} - \vec{r}'|} \mathrm{d}^3 r' + V_{XC}[n_s(\vec{r})] \qquad (10\text{-}12)$$

这里第二项是所谓的 Hartree 项，描述了电子间的 Coulomb 排斥，而最后一项 V_{XC} 被称为交换相关势。这里 V_{XC} 包括多粒子的所有相互作用。由于 Hartree 项和 V_{XC} 取决于 $n(\vec{r})$，$n(\vec{r})$ 则取决于 ϕ_i，而后者又反过来取决于 V_s，因此 Kohn-Sham 方程的解决必须由自洽的方式来完成（如迭代）。通常先由一个 $n(\vec{r})$ 的初始猜测开始，然后计算相应的 V_s 并对 ϕ_i 解 Kohn-Sham 方程。从这些结果出发计算一个新的密度再开始。然后重复这个过程直到达到收敛。

10.6　$MgO\text{-}Al_2O_3\text{-}SiO_2$ 系微晶玻璃分子动力学模型

经过了近 20 年的发展后，以董青石为主晶相的 $MgO\text{-}Al_2O_3\text{-}SiO_2$ 系统微晶玻璃的研究取得了令人瞩目的成果。研究者们分别从热处理制度、晶核剂等角度研究了 $MgO\text{-}Al_2O_3\text{-}SiO_2$ 系微晶玻璃的力学性能、晶型转变、晶粒形成条件及介电、红外辐射等性质[12~25]。$MgO\text{-}Al_2O_3\text{-}SiO_2$ 体系结构复杂，既有晶体，又有非晶体，而且还有大量界面存在，到目前为止，还没有一套很好的模型能够描述 $MgO\text{-}Al_2O_3\text{-}SiO_2$ 微晶体系，采用分子动力学从理论角度研究 $MgO\text{-}Al_2O_3\text{-}SiO_2$ 微晶体系还未见报道。一个好的相互作用模型对于分子动力学模拟至关重要，直接决定着分子动力学模拟的精度和可拓展性。为了使人们能从原子、分子层次对微晶玻璃进行功能设计，能够用分子动力学模拟的方法从理论上对 $MgO\text{-}Al_2O_3\text{-}SiO_2$ 系微晶体系的组成、结构和性能的关系有一个更清晰的认识，开发一套高精度的适用于 $MgO\text{-}Al_2O_3\text{-}SiO_2$ 系微晶玻璃的模型具有重要意义，这对 $MgO\text{-}Al_2O_3\text{-}SiO_2$ 微晶体系的应用和发展将起到极大的推动作用。

10.6.1　BMH 模型

到目前为止还没有一个好的模型适用于 $MgO\text{-}Al_2O_3\text{-}SiO_2$ 体系，所以还未见采用分子动力学模拟的方法研究该体系。为深入研究 $MgO\text{-}Al_2O_3\text{-}SiO_2$ 体系组分、结构、性能的关系，开发一套新的、合适的理论模型具有非常重要的意义。前面采用 BMH 模型研究 $CaO\text{-}Al_2O_3\text{-}SiO_2$ 体系，由于 Ca 与 Mg 非常相似，比如都是网络修饰剂、都是＋2 价、都是第二主族，一个很自然的想法就是把 BMH 模型移植到 $MgO\text{-}Al_2O_3\text{-}SiO_2$ 体系，重新优化与 Mg 有关的参数，采用目前比较通用的方法——晶体结构的数据来优化参数。

　　镁铝石晶体是一种结构相对简单，而且研究得比较多的晶体，采用镁铝石晶体结构优化与 Mg 有关的参数，其他参数采用研究 CaO-Al₂O₃-SiO₂ 体系的参数，参数优化和计算是采用 GULP[26] 完成的。优化的结构见表 10-1，二势体参数见表 9-3，三势体参数见表 9-3，从表中可以看出，优化的结果与实验值非常接近。

表 10-1　镁铝石晶体结构拟合结果

项目	计算值	实验值	差值
体积/Å³	1502.541825	1503.484707	−0.942882
a/Å	11.453605	11.456	−0.002395
b/Å	11.453605	11.456	−0.002395
c/Å	11.453605	11.456	−0.002395
$r_{(Si-O)}$/Å	1.62	1.62	0.0
$r_{(Al-O)}$/Å	1.89	1.896	−0.006

注：1Å=0.1nm。

　　采用新开发的模型研究了镁铝石玻璃体，模拟过程中采用三维周期边界条件，对长程相互作用采用 Ewald 求和方法，运动方程积分采用"蛙跳"（Leap Frog）算法，积分步长为 1fs，速度由 Maxwell 分布给出，初始构型由随机函数给出后，降温过程为 6000K→3000K→2500K→2000K→1500K→1000K→500K→300K，每个降温区间弛豫 20ps，最后再在 300K 弛豫 20ps，作时间平均，得出 300K 时的结构性质及动力学行为。

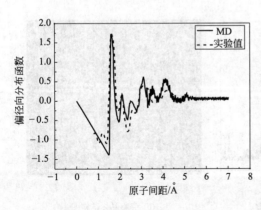

图 10-5　镁铝石玻璃的 $G(r)$

1Å=0.1nm，下同

　　计算得到的 $G(r)$ 和实验值如图 10-5 所示，从图中可以看出，BMH 模型模拟得到的镁铝石玻璃体的结构和实验观察到的结构非常接近，计算得到的微观结构数据见表 10-2。但是用 BMH 模型在 300K 弛豫镁铝石晶体结构时，晶体结构完全解体，与实际不符。如图 10-6 和图 10-7 所示分别是弛豫前后总的原子径向分布函数和结构图，从总的径向分布函数可以看出，在弛豫前，总体结构长程有序且短程有序，但是在弛豫后，晶体结构完全解体，仅仅短程有序，长程完全无序，变成了典型的非晶体结构。也采用了更高级的理论 ab-initio MD 弛豫了镁铝石的晶体结构，计算中采用平面波基组，核和电子之间的相互作用采用超软赝势描述，电子-电子之间的相互作用采用密度泛函理论计算，其中交换相互泛函采用 GGA 的泛函形式。动能截断为 400eV，与采用 600eV 计算的结果仅相差 0.01eV，用 PWSCF[27] 计算了 1 个镁铝石晶胞。弛豫后的晶体构型和总的径向分布函数如图 10-8 所示，由于原子在不停地振动，为了方便比较，所以在作最后的总径向分布函数统计时，如果原子的最终位置偏离初始位置很小，则原子的平衡位置取初始位置。对比图 10-7 和图 10-8 可以看出，BMH 模型并不适合于描述 $MgO\text{-}Al_2O_3\text{-}SiO_2$ 晶体，仅适合于描述非晶态。

表 10-2　镁铝石玻璃结构数据

项目	镁铝石玻璃（MD）	镁铝石玻璃（实验值）
Si—O/Å	1.63	1.68
Al—O/Å	1.72	
O—O/Å	2.62	2.6
Mg—O/Å	2.11	2.1
O—Si—O/(°)	108.9	
O—Al—O/(°)	109.18	
Si—O—Si/(°)	148.5	
Si—O—Al/(°)	144.4	
Al—O—Al/(°)	137.9	

注：1Å=0.1nm。

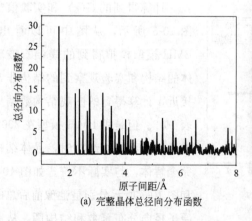

(a) 完整晶体总径向分布函数

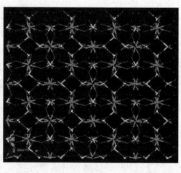

(b) 完整晶体结构图

图 10-6　弛豫前晶体总径向分布函数及结构图

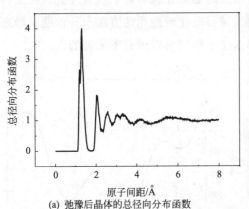

(a) 弛豫后晶体的总径向分布函数

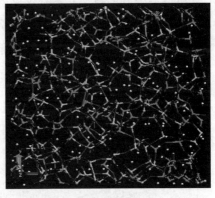

(b) 弛豫后晶体结构图

图 10-7　BMH 模型弛豫后晶体总径向分布函数与晶体结构图

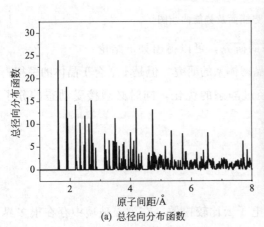

(a) 总径向分布函数

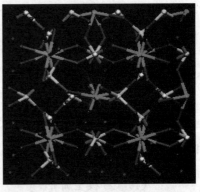

(b) 弛豫后晶体结构图

图 10-8　ab-initio MD 弛豫后的总径向分布函数和晶体结构图

　　目前国内外的研究者在开发一个模型时参数化的工作几乎都是拟合实验数据或基于第一性原理计算得到的数据。但从以上的研究可以看出，并不是参数优化时优化的结果很好就一定适合于该体系的所有形态，因为拟合只是一个静态的优化过程，在静态的优化时原子的位置调整很小甚至不调整，这样，结构很容易陷入该模型的一个极小点，如图 10-9 所示中的 A 点，因为只是静态优化，结构很难翻过能垒 B 到达能量更低的构型，这样在参数化时体系能保持稳定，可以通过静态优化测试。但是当采用分子动力学弛豫时，各个原子都在不停地调整位置，可称为动态优化，此时就有一个概率翻过能垒 B 到达能量更低的构型，这样结构就有可能解体。

所以一个好的模型并不是仅仅需通过静态优化就可以，而且还必须经受得启动态优化的测试，如果一个模型像目前比较通用的方法——仅通过静态测试，而没有通过动态测试，那么这个模型可以说是不完善的。

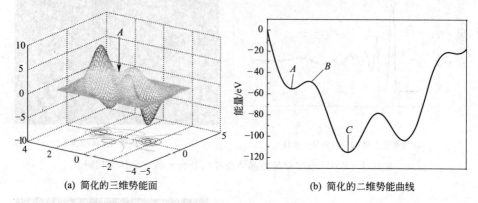

(a) 简化的三维势能面　　　　　(b) 简化的二维势能曲线

图 10-9　势能面及势能曲线图

通过镁铝石晶体和非晶态的研究，可以得出如下结论：

① BMH 模型只适合于非晶态体系的研究，但是不适合于晶体的模拟；

② 一个成功的模型必须经过静态的优化，同时必须接受动态的分子动力学模拟测试。

10.6.2　core-shell 模型

(1) CS 模型简介

氧是一个 -2 价的原子，电子云比较松散，在微晶玻璃中存在很多界面，在界面处电子云很容易变形，在计算过程中需要考虑极化的影响。Core-shell (CS) 模型是一个考虑了极化影响的模型。

在 core-shell 模型中，原子是由一个核（core）和一个壳（shell）组成[28]，如图 10-10 所示，核和壳通过一个谐振子在一起，谐振子的弹性系数为 k，相互作用势函如式（10-13），离子和粒子的相互作用采用 Buckingham 势函 ［式（10-14）］，三体势采用式（10-15）的形式。电荷按照一定的比例分布在核和壳上，但核和壳上的电荷之和与该原子的化合价相等。当原子所处的环境各向同性时，核和壳的中心重叠，此时壳和核之间的相互作用为零，当原子所处的环境各向异性时，核和壳的中心发生偏移，产生偶极，抵消外界的合力，所得总能量最小，这样，该原子就能够随着周围环境的变化调整自身壳和核的位置，具有自适应性。

$$E_{CS}(r) = 1/2k_{CS}r^2 \tag{10-13}$$

$$E(r) = A_{ij}e^{-b_{ij}r} - C_{ij}/r^6 + q_iq_j/r \tag{10-14}$$

$$\varphi(\theta) = \frac{1}{2}k(\theta - \theta_0)^2 \tag{10-15}$$

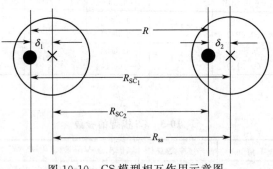

图 10-10　CS 模型相互作用示意图

× 壳的中心　● 核

（2）CS 模型参数化

CS 模型成功地应用于很多体系，也有人曾用此模型开发了适用于 MgO-Al$_2$O$_3$-SiO$_2$ 体系的参数[29]，但这套参数并不适合应用于堇青石体系，因为在优化 μ-堇青石时，结构与实验值偏差很大，表 10-3 是优化的构型和实验值的比较，从中可以知，c 轴的偏差太大，比实验值小 27.04%。

表 10-3　μ-堇青石优化结构和实验值比较

项目	实验值[30]	计算值	差值	误差/%
体积/Å³	124.649413	87.085655	−37.563758	−30.13
a/Å	5.182000	5.071009	−0.110991	−2.14
b/Å	5.182000	5.071009	−0.110991	−2.14
c/Å	5.360000	3.910455	−1.449545	−27.04
α/(°)	90.000000	90.000000	0	0
β/(°)	90.000000	90.000000	0	0
γ/(°)	120.000000	120.000000	0	0

已有的参数基本都是在 0K、0Pa 下拟合得到的，这与实际不符合，为开发一套适合于堇青石微晶玻璃体系的参数，采用 α-堇青石、β-堇青石和 μ-堇青石的结构，在 300K、101325Pa 下重新优化了一套参数，优化结果见表 10-4，从中可知，优化的结构和晶体结构相差很小，拟合得到的参数见表 10-5。

表 10-4 优化结构与晶体结构比较

项目	β-董青石		μ-董青石		α-董青石	
	计算值	实验值[31]	计算值	实验值	计算值	实验值[33]
$a/\text{Å}$	16.918 (−0.112)	17.030	5.224 (0.04)	5.182	9.850 (0.074)	9.776
$b/\text{Å}$	9.768 (0.097)	9.670	5.224 (0.042)	5.182	9.850 (0.074)	9.776
$c/\text{Å}$	9.3631 (0.013)	9.350	5.346 (−0.014)	5.360	9.341 (−0.004)	9.345

注：1Å＝0.1nm。

表 10-5 CS 模型的参数

种类	电荷	种类	A_{ij}/eV	$R_{ij}/\text{Å}$	$C_{ij}/\text{eV}\cdot\text{Å}^6$
Mg	+2.000	Mg—O(壳)	547.072425	0.341240	0.0
Al	+3.000	Al—O(壳)	1188.141072	0.317314	0.0
Si	+4.000	Si—O(壳)	1283.9	0.3205	10.66
O(壳)	−2.848	Oshell—O(壳)	22764.3	0.149	27.88
O(核)	+0.848				

注：CS 弹性常数为 163.103533 eV·Å²；θ 为 109.47°，Si、Al 的三体势常数 k 分别为 3.710816 和 4.770352。

（3）CS 模型的动力学测试

为了测试该模型参数的动态稳定性，采用优化得到的参数对董青石晶体结构在 300K 进行了弛豫，如图 10-11 所示是采用 CS 模型弛豫前后及 ab-inito MD 弛豫的结构图和总的径向分布函数图。从图中可以看出，用 CS 模型弛豫后的结构和 ab-initio MD 弛豫的结构相似。所有 CS 模型不仅仅能通过静态优化测试，而且能经受住动态测试的考验。

（4）董青石力学性能的计算

根据无初始应力的假设，初始应力应为零。对于均匀材料，材料性质与坐标无关，应力-应变的一般关系表达式可以简化为：

$$\sigma_x = C_{11}\varepsilon_x + C_{12}\varepsilon_y + C_{13}\varepsilon_z + C_{14}\gamma_{xy} + C_{15}\gamma_{yz} + C_{16}\gamma_{xz}$$

$$\sigma_y = C_{21}\varepsilon_x + C_{22}\varepsilon_y + C_{23}\varepsilon_z + C_{24}\gamma_{xy} + C_{25}\gamma_{yz} + C_{26}\gamma_{xz}$$

$$\sigma_z = C_{31}\varepsilon_x + C_{32}\varepsilon_y + C_{33}\varepsilon_z + C_{34}\gamma_{xy} + C_{35}\gamma_{yz} + C_{36}\gamma_{xz}$$

$$\tau_{xy} = C_{41}\varepsilon_x + C_{42}\varepsilon_y + C_{43}\varepsilon_z + C_{44}\gamma_{xy} + C_{45}\gamma_{yz} + C_{46}\gamma_{xz}$$

$$\tau_{yz} = C_{51}\varepsilon_x + C_{52}\varepsilon_y + C_{53}\varepsilon_z + C_{54}\gamma_{xy} + C_{55}\gamma_{yz} + C_{56}\gamma_{xz}$$

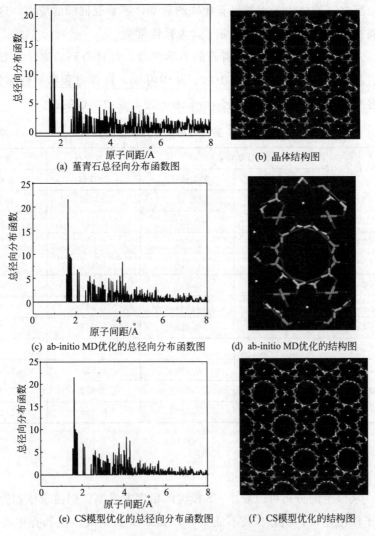

(a) 堇青石总径向分布函数图

(b) 晶体结构图

(c) ab-initio MD优化的总径向分布函数图

(d) ab-initio MD优化的结构图

(e) CS模型优化的总径向分布函数图

(f) CS模型优化的结构图

图 10-11　堇青石总径向分布函数图和结构图

$1\text{Å}=0.1\text{nm}$

$$\tau_{xz} = C_{61}\varepsilon_x + C_{62}\varepsilon_y + C_{63}\varepsilon_z + C_{64}\gamma_{xy} + C_{65}\gamma_{yz} + C_{66}\gamma_{xz}$$

上述关系式是胡克（Hooke）定律在复杂应力条件下的推广，因此又称作广义胡克定律。广义胡克定律中的系数 C_{mn}（$m, n = 1, 2, \cdots, 6$）称为弹性常数，一共有 36 个。

如果物体是由非均匀材料构成的，物体内各点受力后将有不同的弹性效应，因此一般来说，C_{mn} 是坐标 x、y、z 的函数。但是如果物体是由均匀材料构成的，那么物体内部各点，如果受同样的应力，将有相同的应变；反之，物体内各点如果有相同的应变，必承受同样的应力。这一条件反映在广义胡克定律上，就是 C_{mn} 为弹性常数。

采用 CS 模型计算了董青石的力学性能，计算得到的弹性系数、体模量、剪切模量和实验值见表 10-6，从中可知，计算值和实验值非常接近。所有 CS 模型也能很好的描述 cordierite 的宏观力学性能。

表 10-6　董青石晶体的力学性能　　　　　　　单位：

项　　目	β-董青石		α-董青石	μ-董青石
	计算值	实验值[32]	计算值	实验值
弹性系数 C11	2.171	2.07	2.138	3.039
弹性系数 C12	1.139	0.937	1.117	0.559
弹性系数 C13	0.947	0.951	0.931	0.783
弹性系数 C22	2.171	2.136	2.138	3.039
弹性系数 C23	0.947	0.889	0.931	0.783
弹性系数 C33	2.480	1.861	2.384	1.683
弹性系数 C44	0.401	0.465	0.303	1.346
弹性系数 C55	0.401	0.516	0.303	1.347
弹性系数 C66	0.516	0.640	0.511	1.240
体模量	1.431	1.290	1.402	1.334
剪切模量	0.490	0.540	0.469	1.162

10.6.3　PartialQ 模型

从以上的分析可以看出 CS 模型的精度非常高，但由于核和壳通过谐振子模型连接，积分步长不能太大，如果步长太大，核和壳中心的偏移过大，导致能量不收敛，步长一般只能取 0.2fs，与其他模型常用的 1fs 甚至 2fs 相比小很多，计算相同的时间需要更多的时间步，增加了计算的负担。对于一些大的体系来说，耗费的机时也是惊人的，为了提高计算的效率，需要开发一套快速的、计算精度适中的模型。PartialQ 模型在计算过程中只考虑一个原子的有效电荷，二体势采用式（10-16），三体势的影响已经包括在了有效电荷的库仑作用里，所以不需要额外的三体势，这样仅需要一个二体排斥势和长程库仑势就能描述整个体系的相互作用，而且采用 PartialQ 模型一般步长可以取 1fs 甚至 2fs，也加快了计算速度。所以 PartialQ 是一个计算效率非常高的模型。

$$\Phi_{ij} = \frac{q_i q_j}{r_{ij}} + A_{ij}\exp(-b_{ij}r_{ij}) - \frac{C_{ij}}{r_{ij}^6} \tag{10-16}$$

BKS 是一个应用广泛的 PartialQ 模型，已经成功地应用于 SiO₂ 的各种晶态、非晶态及晶型之间的转化。但是在 BKS 模型中氧的有效电荷为 −1.2，铝的有效电荷为 1.4，如果应用于 MgO-Al₂O₃-SiO₂ 体系，加入 1 个 Al₂O₃，会引入 −0.8 个额外电荷，出现不真实的背景电荷，而且 BKS 模型不能应用于含 Mg 的体系，基于以上原因，采用 BKS 模型中的 Si 和 O 的参数，为消除不真实的背景电荷，固定 Al 的有效电荷为 −1.8，通过 RHF 方法 6-31G * 基组重新开发 Al—O 的参数，再用 α-菫青石、β-菫青石、μ-菫青石晶体结构拟合 Mg—O 参数，开发适合于 MgO-Al₂O₃-SiO₂ 体系的有效电荷模型。

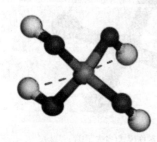

图 10-12　Al(OH)₄⁻ 团簇

为了得到 Al—O 的参数，建立 Al(OH)₄⁻ 团簇，如图 10-12 所示，保持 Td 对称性，使得 Al—O 键长从 1.5Å（1Å = 0.1nm，下同），以 0.5Å 为间隔，伸长至 2.0Å；保持 D2h 对称性，使得 O—Al—O 角度从 75°，以 10° 为间隔，张至 145°，在每一点采用 Restricted-Hartree-Fock（RHF）方法，6-31G * 基组，分别计算其能量，建立势能曲面[34,35]，如图 10-13(a) 和（b）中的分立点。再采用 PartialQ 模型，固定 O—O 的参数和 O、Al 的有效电荷，拟合 Al—O 的参数，拟合的效果如图 10-14(a) 和（b）中的曲线所示，得到的 Al—O 参数见表 10-7。

表 10-7　PartialQ 模型参数

种　　类	A_{ij}/eV	$B_{ij}/Å^{-1}$	C_{ij}	q_i
O—O	1388.7730	2.76	175.00	−1.2
Si—O	18003.7572	4.87318	133.5381	2.4
Al—O	16226.455039	0.20848	127.6832	1.8
Mg—O	2420.671316	0.236897	0.0	1.2

固定 Mg 的有效电荷为 1.2，采用 α-菫青石、β-菫青石、μ-菫青石的晶体结构优化 Mg—O 的参数，优化的参数见表 10-7。优化的晶体结构数据和实验数据见表 10-8。

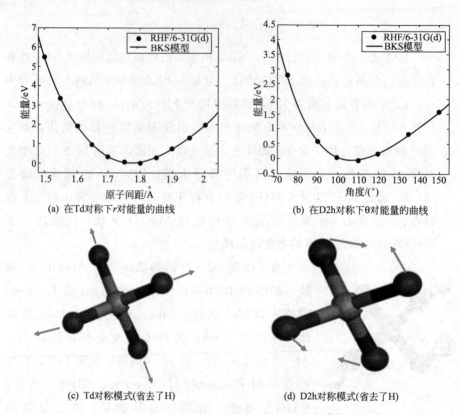

(a) 在Td对称下r对能量的曲线　　　　　(b) 在D2h对称下θ对能量的曲线

(c) Td对称模式(省去了H)　　　　　　(d) D2h对称模式(省去了H)

图 10-13　HF 方法计算的和拟合的势能曲线

表 10-8　PartialQ 模型优化的结构和晶体结构比较

项　目	β-堇青石		μ-堇青石		α-堇青石	
	计算值	实验值	计算值	实验值	计算值	实验值
$a/\text{Å}$	16.92 (−0.11)	17.03	5.27 (0.09)	5.18	9.84 (0.06)	9.77
$b/\text{Å}$	9.77 (0.10)	9.67	5.27 (0.09)	5.18	9.84 (0.06)	9.77
$c/\text{Å}$	9.39 (0.04)	9.35	5.50 (0.14)	5.36	9.32 (−0.02)	9.34

注：1Å=0.1nm。

　　BKS 模型的另外一个缺陷是在高温时原子振动很快，当某些原子靠得很近时，原子之间会出现不真实的相互作用势。为方便理解，列举 O—O 相互作用势来说明问题，O—O 之间真实的相互作用势如图 10-14(a) 所示，但是在 BKS 模型之中，O—O 的相互作用势能曲线如图 10-14(b)

所示，从图中可以看出，当某一时刻两原子靠得太近时 [图 10-14(b) 中约为 1.2Å]，原子之间的相互作用变成一个强大的吸引力，两原子将无限靠近，违反物理事实。如果是步长较小，并且温度较低，原子振动时偏离平衡位置不远，相互作用的范围主要集中在能量最低点的附近，该模型也能很好地描述物理事实，但是当步长较大、温度较高时，原子振动偏离平衡位置较大，模型很容易崩溃。为修正 BKS 模型的不足，在距离较小时，采用 b/r^n 型的势，并保证两个势函数在连接处连续、光滑，如图 10-14 (c) 所示。优化得到 b/r^n 型的势函参数见表 10-9。

表 10-9　b/r^n 型的势函参数

项　　目	b_{ij}	n_{ij}	r_c
Si—O	18.899100	5.257	1.2041
Al—O	21.842500	5.11	1.2078
O—O	39.753900	3.7001	1.7976

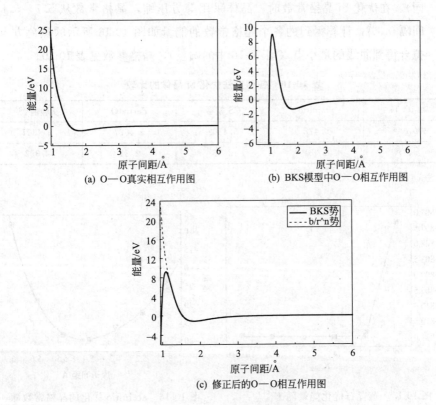

(a) O—O真实相互作用图　　　(b) BKS模型中O—O相互作用图

(c) 修正后的O—O相互作用图

图 10-14　O—O 相互作用图

10.7 结构计算

10.7.1 Si 和董青石晶体结构的计算

用新开发的模型优化了 Si 的晶格参数和晶体结构，为了与更高级理论计算的结果进行比较，也采用 ab-initio 方法优化了 Si 的晶格参数和晶体结构，电子-电子相互作用 DFT 计算，其中 E_{xc} 采用 GGA 的泛函形式、核-电子相互作用采用超软赝势方法，K_{point} 取 $6 \times 6 \times 6$，平面波的截断为 $E_{cut} = 400.0eV$，也采用董青石晶体优化测试了其他 K_{point} 和截断能，其中 K_{point} 的取值对能量的影响如图 10-15 所示，从图中可以看出取 $6 \times 6 \times 6$ 是能量已经完全收敛，取平面波截断能为 600eV 和 400eV 计算得到的最终能量相差仅 0.01eV，为增加计算效率，K_{point} 采用 $6 \times 6 \times 6$，截断能采用 400eV（下同）。在优化 Si 晶格常数时，晶体采用等方压缩，晶格常数从 5.7～5.1Å 间隔 0.1Å，计算得到的各个晶格常数的能量如图 10-16 所示的黑色方点，拟合得到曲线的最小点（图 10-16 中的圆点），晶格参数见表 10-10。

表 10-10　各种方法优化 Si 晶体的比较

项　目	ab-initio	CS 模型	PartialQ	实验值[42]
a,b,c/Å	5.428	5.4102	5.4627	5.4307
r_{Si-Si}/Å	2.331	2.36	2.31	2.352

注：1Å＝0.1nm，下同。

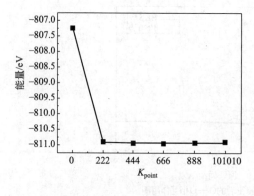

图 10-15　董青石优化能量随 K_{point} 取值的变化图

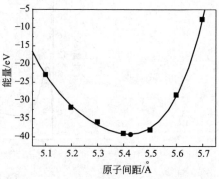

图 10-16　ab-initio 优化的晶格常数随能量变化关系图

用 ab-initio 方法优化了堇青石的晶格常数，按照计算 Si 晶格时同样的设置计算了堇青石的晶格变化对能量的变化关系。在计算单晶 Si 时使用的是等方压缩，a、b、c 晶格同时变化，但是有研究表明堇青石晶格在变化时，各向异性（温度变化是 c 方向膨胀，a 方向收缩），所以在计算堇青石时，采用非等方压缩，即各个方向独立变化。为减少计算量，采用两步法计算能量最小点，首先让 a、b、c 以步长 0.1Å 分别在 16.9～17.4 Å、9.6～9.9 Å、8.8～9.2Å 范围内变化，计算得到各个晶格常数对应的体系的能量，找出能量最小的点对应的晶格常数，再用更小的步长 0.01Å 在该点附近优化晶格常数。为方便作图，采用如下方式对各对晶格常数编号：

① a 作为百位，b 作为十位，c 作为个位；

② a、b、c 均从编号 1 开始，依次递增。

采用这种编码方式以后，111 对应于 16.9、9.6、8.8，211 对应于 17.0、9.6、8.8，依此类推。对各对晶格常数计算得到的能量如图 10-17 所示，从图中可以看出，晶格常数为 17.2、9.8、9.0；17.2、9.8、9.1；17.1、9.9、9.1；17.1、9.8、9.1；17.1、9.7、9.1 时，能量较低，对上面五组晶格常数进行平均得到的晶格常数为 a、b、c 分别为 17.14、9.80、9.08。再让 a、b、c 以步长 0.06Å 分别在 17.03～17.27 Å、9.7～9.88Å、8.95～9.19Å 范围内变化，分别计算能量，得到能量随晶格常数变化如图 10-18 所示（编号方式同上），其中晶格常数为 17.15、9.76、9.19；17.15、9.76、9.01；17.15、9.88、9.13；17.21、9.70、9.13；17.21、9.70、9.01 时能量较低，取以上五组晶格常数的平均，得到最终的晶格常数为 17.174、9.76、9.094，再优化堇青石的晶体结构，表 10-11 是分别用 ab-initio、CS、PartialQ 模型优化的堇青石晶体结构，从中可以看出用 CS 模型优化得到的结构与 ab-initio 优化的结构非常接近，这进一步证明了该模型是有效的。为了方便计算，此处用了文献［37］的晶体结构，因为一般的堇青石很多位置的占有率不为 1，而且晶体结构中所有原子位置都是完全占有。

10.7.2　非晶态结构的计算

$MgO\text{-}Al_2O_3\text{-}SiO_2$ 微晶玻璃里存在大量的非晶体，按照 MgO 含量递增的顺序分别计算了 SiO_2、$5MgO\text{-}8Al_2O_3\text{-}16SiO_2$（Com. 1）、5MgO-

$3Al_2O_3$-$8SiO_2$（Com. 2）、$3MgO$-$1Al_2O_3$-$3SiO_2$（镁铝石玻璃）四种组分的非晶态结构。各种组分的原子数量及盒子的边长见表10-12。

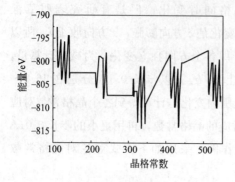

图 10-17　第一步优化能量随晶格常数的变化图

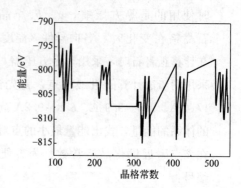

图 10-18　第二步优化能量随晶格常数的变化图

表 10-11　采用不同方法优化的堇青石

项　　目	CS	PartialQ	ab-initio	实验值[38]
$a/\text{Å}$	17.18041	17.013	17.174	17.1674
$b/\text{Å}$	9.722378	9.70	9.76	9.7517
$c/\text{Å}$	9.136838	9.12031	9.094	9.0661
环内 $r_{Si-O}/\text{Å}$	1.62	1.62	1.63	1.596
环内 $r_{Al-O}/\text{Å}$	1.63	1.60	1.64	1.694
$r_{Mg-O}/\text{Å}$	2.21	1.99	2.12	2.073
O—Si—O/(°)	109.1	109.8	109.2	109.4
O—Al—O/(°)	109.2	109.9	109.1	109.5

表 10-12　各种组分的原子个数及盒子的边长

玻　　璃	原子数量/个	边长/Å
SiO_2	750	22.1993
Com. 1	980	23.2921
Com. 2	980	23.3427
镁铝石	1000	22.9471

　　模拟采用三维周期边界条件，对长程相互作用采用 Ewald 求和方法，运动方程积分采用"蛙跳"算法，为提高计算效率，玻璃的制备过程采用 PartialQ 模型，积分步长为 2fs，从 6000K 按照 5.7×10^{13} K/s 的降温速率降到 300K，共耗费 100ps，最终的构型再在 300K 采用 CS 模型弛豫 100ps，最后的 30ps 统计结果。CS 模型在 300K 时弛豫并不能改变结构的长程结构，只能在短程范围内调整，但是短程范围内的调整对于玻璃结

构意义重大。

如图 10-19 所示是 SiO₂ 玻璃态采用 CS 模型计算得到的径向分布函数图，从中可以计算出 Si—O 键长为 1.61Å，O—O 的平均距离为 2.63Å。Si—Si 的平均距离为 3.11Å。如图 10-20 所示是 SiO₂ 玻璃态角度分布图，从中可以看出 Si—O—Si 的角度为 145°，O—Si—O 的角度为 109.2°，如图 10-21 所示是 SiO₂ 玻璃态的配位数曲线图，从中可知 Si—O 的配位数为 4.0，这说明 Si—O 是以 SiO₄ 四面体存在的，O—Si 的配位数为 2，一个氧旁边两个 Si，即每一个氧都是桥氧，从桥氧含量的分析也可以看出在 SiO₂ 玻璃态中桥氧的含量是 100%。O—O、Si—Si 的配位数分别为 6.25 和 4.02。原子之间的成键距离定义为径向分布函数的第一最高峰的最低处。其他的方法计算得到的最终结构也是采用相同的方法统计得到，各种方法计算得到的 SiO₂ 玻璃态结构详细信息对照见表 10-13，实验数据来自文献 [39～41]，从中可以看出，CS 模型和 PartialQ 模型计算得到的玻璃结构与实验值或者高级理论计算的结果一致，CS 模型得到的结果甚至比 ab-initio 方法得到的结果更接近实验值，如实验测得的 Si—O 键长为 1.61Å，CS 模型计算得到的键长同样为 1.61Å，而 ab-initio 计算得到的结果分别为 1.62Å 和 1.63Å；实验测得 O—O 的平均距离为 2.63Å，采用 CS 模型计算得到的同样为 2.63Å，而 ab-initio 计算得到的结果分别为 2.65Å 和 2.67Å。

非晶态结构的研究过程中 CS 模型每计算 1ps 需要消耗约 74529s 的机时，而 PartialQ 模型仅需要约 6208s，所以 PartialQ 模型的计算速度大约是 CS 模型的 12 倍。

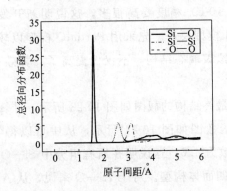

图 10-19　SiO₂ 玻璃态的径向分布函数图

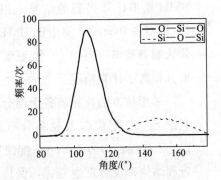

图 10-20　SiO₂ 玻璃态角度分布图

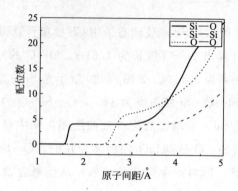

图 10-21　SiO₂ 玻璃态的配位数曲线图

表 10-13　各种方法计算的 SiO₂ 玻璃态结构对照表

项　　目	CS	PartialQ	ab-initio GGA	实验值
密度/(g/cm³)	2.330	2.41	2.24	
r_{Si-O}/Å	1.610	1.63	1.63	1.61
r_{O-O}/Å	2.63	2.66	2.67	2.63
r_{Si-Si}/Å	3.11	3.22	3.105	3.08
O—Si—O/(°)	109.2	110.6	109.5	109.7
Si—O—Si/(°)	148	150.5	147	
CN_{Si-O}	4.0	4.05		
CN_{O-Si}	2.0	2.0		
CN_{O-O}	6.25	6.3		
CN_{Si-Si}	4.02	4		

　　如图 10-22 所示是采用 CS 模型计算镁铝石组分得到的 $G(r)$ 和实验值[42]对比图，从图中可以看出计算的 $G(r)$ 和实验值几乎完全一致，比 BMH 模型计算得到的结果（图 10-6）精度要高很多，这说明新开发的 CS 模型和 PartialQ 模型比 BMH 模型要好。先采用 PartialQ 模型以较大步长制备玻璃，再用 CS 模型模拟玻璃态结构，不仅仅提高了计算效率，而且提高了计算精度。

　　采用该方法计算的各个组分最终结构的截图如图 10-23 所示，计算得到的 Si—O 配位数及径向分布函数图如图 10-24 所示，从中可以得知，Si—O 的键长均为 1.61Å，配位数为 4.0，这说明在所有组分中 Si—O 的近程结构都没有发生变化，保持四面体构型。对于 Al—O 来说，从 Al—O 的径向分布函数及配位数曲线图（图 10-25）得出 Al—O 的键长和配位数对于不同的组分，也没有发生变化，分别为 1.72Å 和 4.0，也是保持四

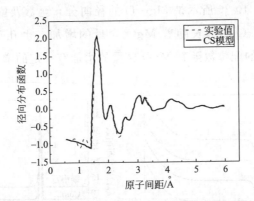

图 10-22　镁铝石组分计算的 $G(r)$ 和实验值对比图

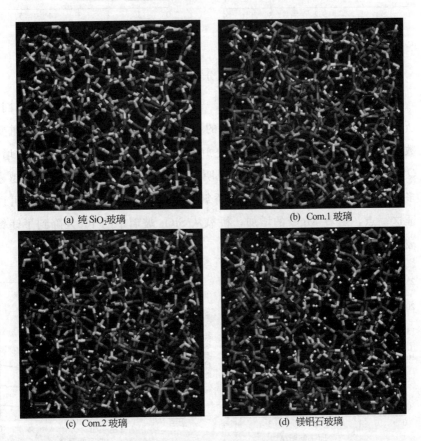

图 10-23　各个组分最终结构截图

面体构型。从这些比较中可以发现，对于非晶态来说，近程结构与晶体相比没有什么太大变化，基本都保持晶体中的构型，只是长程结构发生了较大变化。如图 10-26 所示是 Mg—O 的径向分布函数及配位数曲线图，从中可知，Mg—O 的键长随着 MgO 含量的增加，也几乎没有什么变化，但是 Mg—O 的配位数随着 MgO 含量的增加有一定的增加。

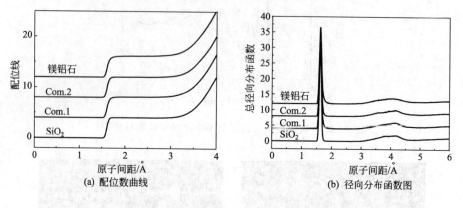

图 10-24　Si—O 的径向分布函数及配位数曲线图

MgO-Al_2O_3-SiO_2 系玻璃中 T—O 四面体通过共角氧形成三维网络，所以 Q^n（n 为 TO_4 四面体中桥氧的数目）是研究微观结构的一个重要参数。计算得到的各组分的 Q^n 见表 10-14，随着网络修饰剂 MgO 的增加，Q^4 逐渐降低，Q^3 逐渐增加，这说明完整的网络逐渐被打断，出现越来越多的非桥氧，桥氧越来越少，从桥氧百分含量图（图 10-27）中也可以印证这一点，随着 MgO 的增加，桥氧从 SiO_2 玻璃中的 100% 降到了镁铝石玻璃中的 66%。

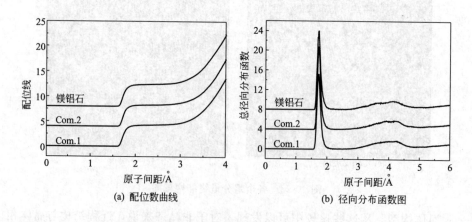

图 10-25　Al—O 的径向分布函数及配位数曲线图

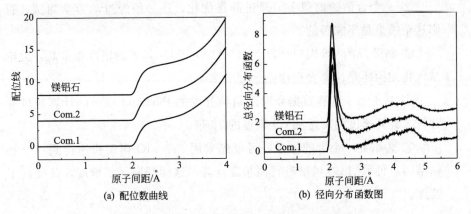

(a) 配位数曲线　　　　　　(b) 径向分布函数图

图 10-26　Mg—O 的径向分布函数及配位数曲线图

表 10-14　Q^n 统计表

玻　　璃	Q^2	Q^3	Q^4	Q^5
SiO$_2$ /%	0	0	100	0
Com. 1/%	19.4	15.1	81.9	1.1
Com. 2/%	2.3	18.6	77.7	1.4
镁铝石/%	2.7	21.1	74.7	1.6

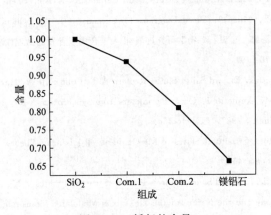

图 10-27　桥氧的含量

10.8　小结

通过对 MgO-Al$_2$O$_3$-SiO$_2$ 体系的分子动力学模型研究得到如下结论。

① BMH 模型只适合于模拟非晶态。

② 一个合适的模型必须经过静态优化，还必须经过动力学测试，否则这个模型是不完善的。

③ 新开发的 CS 模型计算 $MgO-Al_2O_3-SiO_2$ 体系的精度非常高，无论是优化结构还是计算宏观性能。

④ 基于量子计算数据和宏观结构开发的 PartialQ 模型的计算速度非常快，计算速度约可达到 CS 模型的 12 倍。

⑤ 为研究一个大的体系，可以先采用 PartialQ 模型快速得到一个初始结构，再采用 CS 模型进行高精度计算，这样既满足了精度，又提高了速度。

参 考 文 献

[1] Azin N J, Camerucci M A, Cavalieri A L, Crystallisation of non-stoichiometric cordierite glasses. Ceram. Int., 2005, 31 (7): 189-195.

[2] Hua Shao, Kaiming Liang, Fei Peng. Crystallization kinetics of $MgO-Al_2O_3-SiO_2$ glass-ceramics. Ceram. Int., 2004, 30 (10): 927-930.

[3] Agrawal D K, Stubican V S, Mehrotra Y. Germanium-Modified Cordierite Ceramics with Low Thermal Expansion. J. Am. Ceram. Soc., 1986, 69 (12), 847-851.

[4] Osborn E F, Muan A. Phase Diagrams for Ceramists. J. Am. Chem. Soc., 1964: 456.

[5] Osborn E F, Muan A. Phase Diagrams for Ceramists. J. Am. Chem. Soc., 1964: 586.

[6] 倪文，陈娜娜. 堇青石矿物学研究进展-Ⅱ人工合成堇青石的物理性质. 矿物岩石, 1997, 17 (2): 110-119.

[7] Andrew Putnis, Ekhard Salje, Simon Redfern A T, Colin Fyfe A, Harald Strobl. Structural States of Mg-Cordierite Ⅰ: Order Parameters from Synchrotron X-Ray and NMR Data. Phys. Chem. Miner., 1987, 14: 446-454.

[8] Ekhard Salje. Structural States of Mg-Cordierite Ⅱ: Landau Theory. Phys Chem Miner., 1987, 14: 455- 460.

[9] Bernd Grittier, Ekhard Salje, Andrew Putnis. Structural States of Mg Cordierite Ⅲ: Infrared Spectros copy and the Nature of the Hexagonal-Modulated Transition. Phys. Chem. Miner., 1989, 16: 365-373.

[10] Andrew Putnis, Ekhard Saljet. Structural states of Mg cordierite: Ⅳ. Raman spectroscopy and local order parameter behaviour. J. Phys.: Condens. Matter, 1990, 2: 6361-6372.

[11] 倪文，陈娜娜. 堇青石矿物学研究进展-Ⅰ堇青石的结构与化学成分. 矿物岩石, 1996, 16 (4): 126-134.

[12] Vogel W, Holant W. Advances in ceramics. Ceram. Soc. Inc., 1982, 4 (2): 124-145.

[13] 邹学禄，山根止之，李家治等. $MgO-Al_2O_3-SiO_2$ 系统玻璃的表面晶化. 硅酸盐学报,

1991, 19 (3): 202-209.

[14] 邹学禄, 李家治, 王承遇. 含 TiO₂ 的镁铝硅系玻璃的分相对晶核形成的影响. 上海建材学院学报, 1990, 3 (2): 101-110.

[15] 姚岳良. 微晶玻璃表面龟裂的研究. 玻璃与搪瓷, 1986, 14 (4): 48-52.

[16] 宝志琴, 李家治, 沈崇德. 堇青石基微晶玻璃内裂纹的生成. 硅酸盐学报, 1981, 9 (1): 1-9.

[17] 张秀成, 陈江. ZrO₂, Y₂O₃, Nd₂O₃ 对镁铝硅系统玻璃析晶性能和硬度的影响. 中国建材科技, 1998, 7 (3): 15-18.

[18] 邢军, 宋守志, 刘渭萍等. MgO-Al₂O₃-SiO₂ 系玻璃受控晶化研究. 东北大学学报, 2000, 21 (5): 558-561.

[19] Kim H S, Rawlings R D, Rogers P S. Sintering and crystallization phenomena in silceramglass. J. Mater. Sci., 1989, 24 (3): 1025.

[20] 迟玉山, 沈菊云, 陈学贤. MgO-Al₂O₃-SiO₂ 微晶玻璃的 IR, DTA 和 XRD 研究. 无机材料学报, 2002, 17 (1): 45-50.

[21] 韩文爵. 低温烧成微晶玻璃基板的研制和应用. 玻璃与搪瓷, 1996, 24 (3): 1-5.

[22] 迟玉山, 沈菊云, 陈学贤. 硬盘基板用微晶玻璃的析晶过程研究. 无机材料学报, 2001, 16 (5): 791-796.

[23] 迟玉山, 沈菊云, 陈学贤. 计算机硬盘基板材料的研究. 陶瓷学报, 2000, 21 (2): 115-120.

[24] 郑文武, 田清波, 王钥. 热处理制度对 SiO₂-Al₂O₃-MgO-F 系玻璃陶瓷组织和性能的影响. 科研与应用, 2003, 1: 26-28.

[25] 赵永红, 赵光新, 马新沛. MgO-Al₂O₃-SiO₂ 系高强度微晶玻璃的晶化行为与力学性能. 硅酸盐学报, 2003, 31 (4): 413-416.

[26] Gale J D. GULP-a computer program for symmetry adapted simulations of solids. J. Chem. Soc., Faraday Trans., 1997, 93 (4): 629-637.

[27] Baroni S, Corso D A, Gironcoli D S, et al. Quantum-ESPRESSO [CP/OL]. National Simulation Center of Italian Institute for Condensed Matter Physics. http://www. pwscf. org.

[28] Dicx B G, JR Overhauser A W. Theory of the Dielectric Constants of Alkali Halide Crystals. Phys. Rev., 1958, 112 (1): 90-104.

[29] Bjorn Winkler, Dove M T. Static lattice energy minimization and lattice dynamics calculations on alunsilicate minerals. Am. Mineral., 1991, 76: 313-331.

[30] Schulz, Hoffmann H, Muchow W. The average structure of Mg (Al₂Si₃O₁₀), a stuffed derivateive of the high-quartz structure. Zeitschrift fuer Kristallographie, Kristallgeometrie, Kristallphysik, Kristallch ie, 1971, 134: 1-27.

[31] Bystroem A. The crystal structure of Cordierite. Arkiv foer Kemi, Mineralogi och Geologi, B1942, 15 (12): 1-7.

[32] Predecki, Haas P, Faber J, Jr J, Hitterman R L. Structural aspects of the lattice thermal expansion of hexagonal cordierite. J. Am. Ceram. Soc., 1987, 70: 175-182.

[33] Toohill K S, Siegesmund Bass J D. Sound velocities and elasticity of cordierite and implicateons for deep crustal seismic anisotropy. Phys. Chem. Mine., 1999, 26: 333-343.

[34] Van B W H, Beest Kramer G J, Van Santen R A. Force Fields for Silicas and Aluminophosphates Based on Ab Initio Calculations. Phys. Rev. Lett., 1990, 64 (16), 1955-1958.

[35] Kramer G J, Farragher N P, Van Beest B W H, Van Santen R A. Interatomic force fields for silicas aluminophosphates and zeolites: Derivation based on ab initio calculations. Phys. Rev. B, 1991, 43 (6): 5068 -5080.

[36] Bond W L, Kaiser W. Interstitial versus substitutional oxygen in silicon. J. Phys. Chem. Solids,1960, 16: 44-45.

[37] Winkler B, Dove M T, Leslie M. Static lattice energy minimization and lattice dynamics calculations on aluminosilicate materials. Am. Mineral., 1991, 76: 313-331.

[38] Winkler, Dove B M T, Leslie M. Static lattice energy minimization and lattice dynamics calculations on aluminosilicate materials. American Mineralogist, 1991, 76: 313-331.

[39] Stebbins J F, McMillian P. Compositional and temperature effects on five-coordinated silicon in ambient pressure silicate glasses. J. Non-Cryst. Solids, 1993, 160 (1-2): 116-125.

[40] Johnson P A V, Wright A C, Sinclair R N. Neutron scattering from vitreous silica Ⅱ. Twin-axis diffra ction experiments. J. Non-Cryst. Solids, 1983, 58 (1): 109-130.

[41] Poulsen H F, Neuefeind J, Neumann H B, Schneider J R, Zeidler M D. Amorphous silica studied by high energy X-ray diffraction. J. Non-Cryst. Solids, 1995, 188 (1-2): 63-74.

[42] Masayuki Okuno, Katsuyuki Kawamura. Molecular dynamics calculations for $Mg_3Al_2Si_3O_{12}$ (pyrope) and $Ca_3Al_2Si_3O_{12}$ (grossular) glass structures. J. Non-Crys. Solid. 1994, 191: 249-259.